抒情篇

一口气读懂诗词名句 ·

不要人夸颜色好

将进酒·黄 主编

SPM
南方传媒

岭南美术出版社

中国·广州

图书在版编目（CIP）数据

不要人夸颜色好／将进酒·黄主编. —广州：岭南美术
出版社，2023.8
（一口气读懂诗词名句）
ISBN 978-7-5362-7755-7

Ⅰ.①不… Ⅱ.①将… Ⅲ.①古典诗歌—诗歌欣赏—
中国—通俗读物 Ⅳ.①I207.2-49

中国国家版本馆CIP数据核字(2023)第120003号

责任编辑：黄小良　黄海龙
责任技编：许伟群
封面设计：极宇林

一口气读懂诗词名句
YIKOUQI DUDONG SHICI MINGJU

不要人夸颜色好
BUYAO REN KUA YANSE HAO

出版、总发行：岭南美术出版社（网址：www.lnysw.net）
　　　　　　　（广州市天河区海安路19号14楼 邮编：510627）
经　　销：全国新华书店
印　　刷：湛江市新民印刷有限公司
版　　次：2023年8月第1版
印　　次：2023年8月第1次印刷
开　　本：880 mm×1230 mm　1/32
印　　张：5
字　　数：99千字
印　　数：1—10000册
ISBN 978-7-5362-7755-7

定　　价：29.80元

把世间事和人生滋味都摊开来体会

人各有志，每对翅膀都有飞翔的梦想，每颗心都有想去的远方。

所以这一册，或议论或抒情，都以"志趣"为主题。

历代咏史诗，最见诗人的真性情。读历史、说往事，有人夜不能寐、拍案而起，有人掩面叹息、黯然销魂，也有人慷慨高歌、"浮一大白"（满饮一大杯酒）……

咏史诗，多是咏人或者咏事，有感而发，不平则鸣，以古人之酒杯，浇自己心中之块垒。李白仰慕古侠客，咏叹"纵死侠骨香，不惭世上英"；李商隐不平于人生困局，嘲讽"可怜夜半虚前席，不问苍生问鬼神"；李清照于逃亡路上，内心充满失望与悲哀，高唱"生当作人杰，死亦为鬼雄"；刘禹锡贬官多年归来，触景生情，感慨世事变迁，"旧时王谢堂前燕，飞入寻常百姓家"；花蕊夫人作为历史的参与者、当事人，写下"十四万人齐解甲，更无一个是男儿"的诗句，尤显沉痛……

世事浸淫久，难免多感慨，就像今天人们爱说的"目之所及，皆是回忆；心之所想，皆是过往"。书读得多了，读到一个诗句就能联想到其他诗句；人生阅历也一样，经历得多了，遇到今天的事，却想起从前的事。因为有了积累，于是就有了联想，有了感慨。

古人视世间为一个大名利场，"天下熙熙，皆为利来；天下攘攘，皆为利往"(《史记》),"万事可忘,难忘者名心一段"(《幽梦影》)。所以司马光说"天衢名利场,尘泥继朝昏",这个大名利场呀,从早到晚,人如潮水,尘土飞扬;杜牧发出追问:"共谁争岁月,赢得鬓边丝。"我们到底是在跟谁争抢这无穷岁月呢,换回的却只是两鬓斑白!李白的"空名束壮士,薄俗弃高贤",视野更开阔,虚名总是束缚有志之士,世俗常常亏待品格高洁之人……

世事沉浮,人生冷暖,有人"拣尽寒枝不肯栖",有人摘得桃花换酒钱,元末画家、诗人王冕借画咏志:"不要人夸颜色好,只留清气满乾坤。"……众说纷纭里,我最推荐"虽无壮士节,与世亦殊伦"一句,跳出诗歌原来的语境,我们可以把这句诗理解为:哪怕没有任何过人之处,我们也一样要做与众不同的自己,"我就是我,是颜色不一样的烟火"。

"家园故国情"是咏志诗的又一题材。"惨惨柴门风雪夜",正是哀怜家中的老母亲;"可怜无定河边骨",是心碎死于战场的征人,心疼梦里犹在期盼征人归来的亲人;经历了安史战乱的杜甫,深受家人离散之苦,直言"家书抵万金"。而南宋诗人们对家国之痛最有感触,辛弃疾时刻梦想金戈铁马去杀敌,"醉里挑灯看剑,梦回吹角连营";陆游念念不忘收复故土,"胡未灭,鬓先秋,泪空流"。

总之,这一册,把世间事和人生滋味都摊开来供人体会,内容更深沉,读者将在阅读中得到眼界的开阔、阅历的积累和情感的升华。

来吧,开启你的志趣深沉之旅吧!

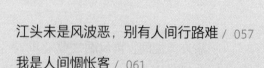

第四辑

家园故国

第一辑

史海临风

历史大浪淘沙、大江东去，冕旒朱衣与金银珠玉终会随风逝去，而那些风流人物，那些江湖侠骨，却会在后世流传……

独立天地间，清风洒兰雪

别鲁颂

（唐）李白

谁道泰山高，下却鲁连节。谁云秦军众，摧却鲁连舌。

独立天地间，清风洒兰雪。夫子还倜傥，攻文继前烈。

错落石上松，无为秋霜折。赠言镂宝刀，千岁庶不灭。

◎ **诗临其境**

40多岁的李白游历山东的时候，写了这首称赞鲁仲连的诗：

都说泰山很高，但高不过鲁仲连的气节。都说大秦虎狼之师锐不可当，但抵不过鲁仲连的三寸不烂之舌。鲁仲连，你的气节屹立于天地之间，你的气度犹如清风洒香雪。

夫子（指诗人的朋友）你风流倜傥，勤攻文学，继承了鲁仲连的遗风。你的品格好比那石上松柏，秋霜也不能折损分毫。我赠你这些话和宝刀，让我们的友谊千秋万代，永不磨灭。

◎ 一句钟情

"独立天地间，清风洒兰雪。"

试问，李白是谁？李白是个狂人，他曾说："我本楚狂人，凤歌笑孔丘"，"仰天大笑出门去，我辈岂是蓬蒿人"。这么狂的一个人，居然毫不保留去赞美鲁仲连，尤其是那两句"独立天地间，清风洒兰雪"。

荀子曾说："天下不知之，则傀然独立天地之间而不畏，是上勇也。"

我傀然独立于天地之间，面对非正义，表现出大无畏的勇气来，这是勇的最高境界。

像春风一样潇洒，高尚的情操如同那洁净的白雪。这句诗写出了鲁仲连的潇洒风度。

◎ 诗歌故事

那么，大诗人李白为何如此推崇鲁仲连？与其说李白是推崇鲁仲连，倒不如说他是欣赏鲁仲连背后的侠义精神和高超的智慧。

鲁仲连，战国齐国人，纵横家，自幼勤奋好学，博闻强记，思维敏捷，口若悬河，胸藏甲兵，腹有奇谋。不过此人性格孤傲，恃才傲物，连孟尝君都不放眼里。

孟尝君是战国四公子之一，最喜欢养士，门客三千，士人无不趋之若鹜，但鲁仲连例外，他曾三次拒绝了孟尝君的邀请。

他说：我性格豪逸，崇尚自由，并不喜欢当个寄人篱下受人管束的食客，我不愿意与您门下那些个鸡鸣狗盗之徒为伍。

孟尝君只能自讨没趣。

鲁仲连虽然很狂妄，但他却从不追求私利，而且是哪里有危难就到哪里。《战国策》《史记》中都记载了鲁仲连"义不帝秦"的故事。

长平之战后，赵国损失惨重，元气大伤，秦国兵临邯郸城下。邯郸岌岌可危，赵国存亡只在朝夕之间。赵王向自己的盟国魏国求救。

魏王不能不义，兄弟有难，肯定不能见死不救，但秦国强大，魏王也害怕。于是魏王耍了个手段，他虽然派兵了，但只走到半路就停了下来，还派了一个叫新垣衍的潜入邯郸，劝说赵王归附秦国。

鲁仲连听说此事后非常震惊，他岂能容忍魏国这样的两面派行为，不仁不义，岂是大丈夫所为？于是，鲁仲连就去找新垣衍，开门见山地说：魏王只顾个人安危而不顾大局，将来也不会有好下场；能救魏国和赵国的唯一办法就是战场上击败秦兵，如果秦国灭了赵国，你魏国被秦国消灭也是迟早的事，而到时候你新垣衍也会一无所有。新垣衍被说服了，回国劝说魏王继续出兵。之后魏国公子无忌带魏国援兵赶到赵国，秦军退去。

事后，赵国平原君要送给鲁仲连一座城池，鲁仲连坚决不要。于是平原君又说给鲁仲连千斤黄金，也被他拒绝了。他说：

人世间最贵重的莫过于士人的气节，我又不是生意人，做点事情就收钱，那跟追名逐利的商人有什么区别？你这不是看不起我吗？然后不辞而别。

后来鲁仲连又帮助齐国劝退了燕国大将，齐国田单也要重谢鲁仲连，但依然遭到他的拒绝。鲁仲连说："吾与富贵而诎于人，宁贫贱而轻世肆志焉！"与其为了富贵而受人管制，我宁愿贫穷而卑微，却按自己的心意自在地活着。

多么高尚的情操，多么高尚的人格。不图荣华富贵，不为达官显贵。鲁仲连有着战国时代侠客的高贵人格、侠义的精神和自由的灵魂。这种独立人格和自由意志，与李白的追求和气质完全相符，难怪李白如此推崇他。

无障碍阅读

鲁连：即鲁仲连，战国时期齐国人。纵横家，有谋略但不愿任官职，气节高尚。
前烈：前人的功业。
兰雪：白雪。

 作家介绍 李白（701—762），字太白，号青莲居士，唐朝浪漫主义诗人，被后人誉为"诗仙"。蜀郡绵州昌隆县（今四川江油青莲乡）人。李白存世诗文千余篇，有《李太白集》传世。

"明月出海底，一朝开光曜。"

出自李白的《古风》："齐有倜傥生，鲁连特高妙。明月出海底，一朝开光曜。却秦振英声，后世仰末照。意轻千金赠，顾向平原笑。吾亦澹荡人，拂衣可同调。"

其中"明月出海底，一朝开光曜"，跟"独立天地间，清风洒兰雪"有异曲同工之妙，都是赞美鲁仲连的，说鲁仲连的人格如同明月刚从海底升出来，一下子就可以用万丈光芒照耀人世间。

本文作者 ——————————————

颜威，历史爱好者，活跃于多家自媒体平台；头条号"颜威说历史"。

纵死侠骨香，不惭世上英

侠客行

（唐）李白

赵客缦胡缨，吴钩霜雪明。银鞍照白马，飒沓如流星。

十步杀一人，千里不留行。事了拂衣去，深藏身与名。

闲过信陵饮，脱剑膝前横。将炙啖朱亥，持觞劝侯嬴。

三杯吐然诺，五岳倒为轻。眼花耳热后，意气素霓生。

救赵挥金锤，邯郸先震惊。千秋二壮士，烜赫大梁城。

纵死侠骨香，不惭世上英。谁能书阁下，白首太玄经。

◎ **诗临其境**

　　天宝三年，李白结束为期三年的翰林生涯，被唐玄宗李隆基"赐金放还"。他一路游历，先到洛阳遇见杜甫，后与杜甫同到大梁（今河南开封）遇到高适。三人志趣相投，各抒胸臆，纵谈天下大势。

　　大梁城有战国时期信陵君"窃符救赵"的传说。赵国都城邯郸被秦军围攻，危在旦夕，赵王向魏国求救。魏王慑于秦国淫威，踌躇不救。魏公子信陵君在闾巷游侠朱亥和侯嬴的帮助下，偷走魏王兵符，击杀魏将晋鄙，率领魏军精锐击败秦军，救了赵国。

李白"喜剑术，好游侠"，对朱亥和侯嬴两位游侠非常推崇，希望自己也能像两位侠客一样，辅佐明主，立不世之功。于是在游齐州时写下了脍炙人口的《侠客行》：

燕赵侠客，头系胡缨，腰佩宝剑，银鞍白马，疾若流星。十步之内可杀人，行走千里无人可挡。事成之后，拍拍身上的灰尘走人，连个姓名都不肯留下。

想当年，侯嬴、朱亥与信陵君结交，脱剑横膝，交相欢饮。三杯热酒下肚，一诺重于泰山。喝得眼花耳热，胸中意气纵横。

朱亥挥起金锤击杀晋鄙，消息传到邯郸，秦军人人震惊。二位壮士的豪举，千秋之后仍在大梁城传颂。纵然死去多年，侠骨犹香，不愧"盖世英豪"之美誉。

大丈夫生于世间，就要像他们一样轰轰烈烈，流芳千古。谁愿像扬雄那样，皓首穷经，老死窗下呢？

◎ 一句钟情

"纵死侠骨香，不惭世上英。"

燕赵自古多慷慨悲歌之士，前有侯嬴、朱亥帮助信陵君窃符救赵，后有荆轲、高渐离易水送别，提一匕首赴不测之强秦刺杀秦王嬴政。他们履行"士为知己者死"的承诺,不愿苟全性命于乱世,唯求流传英名于千古。

太史公司马迁说:游侠,言必信,行必果,已诺必诚,不爱其躯,不矜其能,羞伐其德。大意是说,游侠们答应别人的事,就是舍了性命也要办到。办成之后,不吹嘘自己的能力,不谋图对方的感恩,挥挥手飘然而去,不带走一片云彩。这种"超然"的做法令许多人向往。

今天,这一句诗常用来赞美那种为了理想而不怕牺牲的人,即便付出的代价很大,但为了追求理想,一切都是值得的。

◎ **诗歌故事**

李白写《侠客行》,跟他四十年来的遭遇密切相关。李白出身于商人世家,其父李客是西域大商人,李白五岁时迁入四川江油定居。李白的几个兄弟都子承父业,在九江和三峡做生意。但是李白从小"不事产业",他对经商不感兴趣,他的志向远大,要经世济民,也就是走仕途,做官。

当时大唐王朝的取士制度"科举制"已经成熟,想做官,就得考科举。只可惜根据大唐律法,商人和罪人之后是不能参加科举考试的,一旦被发现,轻则充军发配,重则满门抄斩。李白走"正道"当不了官,只能另辟蹊径,便是参军。

参军之前先要练一身武艺,方能投笔从戎,在边疆效力,像《水浒传》中杨志说的那样:"用一刀一枪博个封妻荫子。"

当时很多有志青年都走了这条路，李贺就说"男儿何不带吴钩，收取关山五十州"。跟李白、杜甫一起喝酒的高适，三人分别之后就参了军，投靠河西节度使哥舒翰，担任掌书记，在安史之乱平定叛军的战争中屡立战功，官至节度使，死后封侯。

李白也想过从军，他从小喜欢剑术，还想跟大唐第一剑术高手裴旻学习。只可惜李白虽然仰慕前贤的行为，但是纯属"叶公好龙"，并没有效法前贤"士为知己者死"的想法。他写完《侠客行》之后，并未投笔从戎，而是出家当了道士。

他终归是个诗人，而不是侠客。

佳句背囊

"侠客不怕死，怕在事不成，事成不肯藏姓名。"
出自唐代元稹的《侠客行》。这首诗称赞了西汉时的一位刺客。袁盎是西汉大臣，深得汉景帝信任。但在立储问题上得罪了梁王刘武，刘武就派刺客来刺杀他。第一个刺客不忍心，主动告诉袁盎说自己是梁王派来的刺客，因为敬佩他的人品，所以放弃行动，但后面还会有刺客，要他小心。袁盎于是加强戒备，但后来仍然被刺杀了。

本文作者

唐风宋月：文史作家，专注唐宋史多年，出版有《历史真有故事／大唐盛世》一书。

可怜夜半虚前席，不问苍生问鬼神

贾生

(唐) 李商隐

宣室求贤访逐臣，贾生才调更无伦。

可怜夜半虚前席，不问苍生问鬼神。

◎ **诗临其境**

这是一首咏史绝句，约作于唐宣宗大中二年（848）：

汉文帝求取贤才，在未央宫的前殿正室隆重地接待贾谊，要向这位曾被放逐的臣子征求意见，贾谊才华出众，应该可以不负皇帝所望。

可惜的是两人谈到夜半时分，汉文帝空自留神倾听，移座向前，询问的不是苍生大计，却是有关鬼神的事。

◎ **一句钟情**

"可怜夜半虚前席，不问苍生问鬼神。"

贾谊，生于西汉初年，少有才名，21 岁被举荐，汉文帝征召并授予他博士的职位。贾谊是当时年纪最小的博士，人生仿佛就此开挂。后又因言辞出众，见解独到，被破格提拔，一年之内便升任太中大夫。

可是年少得志、意气风发的贾谊遭到朝廷大臣周勃、灌婴等人的嫉妒，他们在汉文帝面前进谗言，诽谤贾谊"年少初学，专欲擅权"，于是贾谊被逐，流放长沙。

后来贾谊又被汉文帝召回，皇帝在宣室接见了他。那一夜，皇帝向贾谊询问"鬼神之本"，贾谊说得头头是道，皇帝听得如醉如痴，最后皇帝盛赞了贾谊。

但是汉文帝这一声迟到的赞赏对于贾谊又有何用？皇帝终究问的是鬼神之道，而非苍生大计，不能施展政治抱负的贾谊在 33 岁那年郁郁而终。

写下这首诗歌的李商隐，同样面临少有才名、苦于仕途不顺的人生困局。

◎ 诗歌故事

这一年，37 岁的李商隐历经漂泊，终于又回到了长安。只是离开十年，他又回到了起点，还是做那个职位低微的小官，仕途只有"伏"而没有"起"。屋里灯光昏暗，往事在摇曳的烛光中一段一段涌来。

他九岁丧父，作为长子，小小年纪便担起奉养母亲的责任。

少年时他给别人抄书挣钱，补贴家用。16岁时著《才论》《圣论》，凭借文章为自己赢得了声誉。

17岁时他遇到了生命中的贵人——天平军节度使令狐楚。令狐楚欣赏他的才华，聘他入幕为巡官，并教授他骈文，让自己的儿子与他一起学习。

此后几年，除了短暂的出游，李商隐一直在令狐楚的幕中，努力学文，积极应试。令狐楚调任后，他曾赴玉阳山、王屋山一带隐居学道。开成二年（837），也就是李商隐25岁那一年，他再次参加科举考试，经令狐楚引荐而登进士第。

次年，他到泾原节度使王茂元幕中任职，王茂元同样欣赏他的才华，并且把女儿嫁给了他。

一个贵人助他实现金榜题名的梦想，另一个贵人让他有了洞房花烛的惊喜。但是当时朝廷牛李党争激烈，令狐楚属牛党，而王茂元属李党，所以当李商隐娶了王茂元的女儿后，牛党诟病他"背恩"，他被挤在两党相争的夹缝里一直无法抬头。

人到中年，绕了一圈，他又回到长安。白天，故友来访，谈论起当今的天子，据说当今皇上还是像死于修道的先皇一样，热衷于服药修仙，对于政事很少过问。李商隐有感于自己的人生，提笔写下《贾生》，写历史，也讽喻现实。

无障碍阅读

贾生：指贾谊，西汉著名的政论家和辞赋家。

宣室：西汉未央宫前殿正室，汉文帝接见贾谊的地方。

可怜：可惜。

前席：在席上移膝向前。古人席地而坐，当听得聚精会神时，不知不觉膝盖往前，向对方靠近。

作家介绍

李商隐（813—858），字义山，号玉谿生，怀州河内（今河南沁阳）人，是晚唐最杰出的诗人之一，与杜牧齐名，并称"小李杜"；与温庭筠齐名，并称"温李"；又与李白、李贺合称"三李"，现存诗歌约六百首。代表作有《夜雨寄北》《乐游原》《锦瑟》等。

佳句背囊

"桐花万里丹山路，雏凤清于老凤声。"

出自李商隐的《韩冬郎即席为诗相送·其一》，意思是说：丹山绵延万里，桐花盛开，凤凰鸣叫，"雏凤"的声音比"老凤"的要清脆悦耳。"雏凤"指晚唐著名诗人韩偓，李商隐称赞韩偓的诗歌要比父亲韩瞻的言语清丽。这两句诗后来指青出于蓝而胜于蓝。

本文作者

邓月莲：爱读书，喜写作，有多篇文章发表在国家级报纸期刊上。

青山依旧在，几度夕阳红

临江仙·滚滚长江东逝水
（明）杨慎

滚滚长江东逝水，浪花淘尽英雄。是非成败转头空。青山依旧在，几度夕阳红。

白发渔樵江渚上，惯看秋月春风。一壶浊酒喜相逢。古今多少事，都付笑谈中。

◎ 诗临其境

这首《临江仙》是明代文学家杨慎所作，清初毛宗岗父子在对罗贯中《三国志通俗演义》重新修订时，将此词列为全书卷头词；这首作品被大家熟知，还是缘于电视剧《三国演义》的播出，《临江仙》作为片头曲，慷慨悲壮的内容，经杨洪基老师浑厚的嗓音演唱，给人以苍凉悲壮感受的同时，又有一种激昂和豁达的情绪在其中。

开篇两句"滚滚长江东逝水，浪花淘尽英雄"，让人想到苏轼的词"大江东去，浪淘尽，千古风流人物"，以江水一去不复返的客观存在告诉世人，无论人生如何伟大，在历史的长河中，也不过是浪花一朵，滚滚流逝东去。

"是非成败转头空。青山依旧在，几度夕阳红"，"是非成败转头空"所表现出来的是作者豁达超然的人生感悟，同时也不乏悲凉的意味。通过"青山""夕阳"这亘古不变的现象和"东逝水"作对比，来告诉人们，在永恒的宇宙自然面前，在飞逝的岁月中，人类的个体生命是多么短暂和虚幻。面对永恒的天地、自然和无尽的岁月的时空背景，个体生命的短暂和死亡带来的虚无，世俗的名利追求是多么的没有意义和价值！成为英雄又怎样？成就了功业又如何？和宇宙间的永恒比起来，英雄人物只会随着流逝的江水消失得不见踪影。

"白发渔樵江渚上，惯看秋月春风"，"白发"指年岁已高，"渔樵"表示平民身份；"秋""春"指的是岁月。杨慎以一个冷眼看世事的"白发渔樵"的形象，表达了自己的超然人生态度。"惯看秋月春风"说的是历经世事沧桑；有过远大的理想，也曾有过成功的荣耀，有过显赫的地位，也经受了失败的屈辱和生命的磨难，继而能够从容面对。

"一壶浊酒喜相逢。古今多少事，都付笑谈中"，作者用"浊酒"来表现与朋友相聚，看重的是共同的志趣，意不在酒。古往今来多少事，也都在把酒笑谈中，即使像曹操、周瑜这样的英雄豪杰，又算得了什么，也只不过是历史过客，是人们茶余饭后的谈资罢了。

滚滚长江向东流，不再回头，多少英雄像翻飞的浪花般消逝，是与非、成功与失败，都是短暂不长久的，只有青山依然存在，依然日升日落。

　　江上白发渔翁，早已习惯于四时的变化。和朋友难得见了面，痛快地畅饮一杯酒，古往今来的纷纷扰扰，都成为下酒闲谈的材料。

◎ 一句钟情

　　"青山依旧在，几度夕阳红。"

　　今天我们再来读杨慎的这首诗，仍会被他作品中的情绪深深感染。特别是这句"青山依旧在，几度夕阳红"，告诫我们必须直视人生，要明白人无论平庸还是伟大，富贵或者贫贱，生活中都会存在喜怒哀乐，我们不应因逆境而悲观。

　　人需要建功立业，也要具备英雄气概，但要正确看待是非成败，不能过多计较个人名利得失，要用乐观的心态去过生活，放眼大自然，仰望青山，醉看夕阳，就会觉得人如尘埃一般渺小，何必对那些功名利禄苦苦执着呢？

　　一切繁华都是过眼云烟，只有青山依旧，夕阳如故，我们还是来好好享受大自然带给我们的美妙感受吧。

◎ 诗歌故事

　　这首词，没有丰富的阅历是写不出来的。词中的意境来源于作者的心境，创作《临江仙》时，杨慎已经人至暮年，回忆就似滚滚东去的长江水，让他心中感慨万千，慷慨悲壮之情油然而生。其中有旷达，也有悲凉。

杨慎，四川新都人。父亲杨廷和是明朝著名宰相。杨慎7岁时便已经很有名气了，23岁状元及第，做了翰林院修撰。但这时，他遇上了政治生涯中的一次转折——

明武宗没有儿子，他死后，由堂弟朱厚熜继位，也就是嘉靖皇帝。事情出在嘉靖身上，他一登上宝座，就想追认他的生父为皇帝，这种举动在今天看来没什么，但在当时的文化背景下，违背了封建宗法。杨廷和父子和许多大臣都反对他的做法，以致杨廷和辞官，杨慎联合二百多人在左顺门"撼门大哭"，说"国家养士一百五十年，仗节死义，正在今日"。

但嘉靖皇帝毫不让步，他将参与者全部廷杖后贬谪。这就是明朝著名的"大礼议"事件。事件的首要分子杨慎两次遭廷杖后，被削籍贬戍云南永昌卫。

嘉靖对杨廷和父子的怨恨极深，以至于杨慎此后都没能重回京城，后半生都是在云南度过，72岁卒于云南。

杨慎生于富贵之家，状元出身，志向高远，却因为"大礼议"事件被流放，地位一落千丈，这样的严重后果估计杨慎也没有料到。在三十多年的流放生涯中，杨慎受尽了屈辱和磨难，一生抱负化为泡影。但杨慎并没有因此沉沦，他仍是勤读诗书，笔耕不辍，和当地文人交流，从书籍中总结出人生哲理，《临江仙》就是在这样的背景下创作出来的。

在这首《临江仙》中，杨慎以一个置身事外的"渔樵"形象，用一种超然的态度看待古往今来的历史英雄人物，视功成名就为过眼云烟。但即便如此，杨慎也没有失去理想和人生的目标，仍然以敬畏生命的姿态笑对生活。杨慎的这种自信、平和都源于他对大自然的客观感知，他认识到人作为个体生命，不过是宇宙里的一颗尘埃，但也有其存在的价值和意义，能够在自然中被巍巍青山、绚烂夕阳、浩浩荡荡的江水所感动，本身就是一种美好的体验。

无障碍阅读

临江仙：词牌名，原为唐代教坊曲名。
淘尽：荡涤一空。
渔樵：渔翁、樵夫，代指隐居不问世事的人。
渚（zhǔ）：原意为水中的小块陆地，此处意为江岸边。

 作家介绍

　　杨慎（1488—1559），字用修，号升庵，四川新都（今四川成都新都区）人，祖籍江西庐陵。明代文学家，被公认为明代三大才子之一，陈寅恪称"杨用修为人，才高学博，有明一代，罕有其匹"。

"人生如梦，一尊还酹江月。"

杨慎的《临江仙》化用了苏轼的《念奴娇 · 赤壁怀古》的意境，其中"人生如梦，一尊还酹江月"，和《临江仙》有相似之处，表达的都是时光飞逝，人生易老，不要沉醉往事，何不举杯邀明月，来好好享受当下的生活之意。这两首作品都同样存在感奋和感伤双重色彩，悲凉中掩盖不了其豪迈的气势。

本文作者

卡季奇传媒。

吟到恩仇心事涌，江湖侠骨恐无多

己亥杂诗·陶潜诗喜说荆轲

（清）龚自珍

陶潜诗喜说荆轲，想见停云发浩歌。

吟到恩仇心事涌，江湖侠骨恐无多。

◎ 诗临其境

清道光十九年（1839）己亥年，48岁的龚自珍辞官南下返乡，从农历四月二十三日起，至十二月二十六日止，这一路上他把自己所见所闻的感悟，编写成一组诗，取名《己亥杂诗》，合计315首，全属七言绝句，这也是中国诗史上最大规模的组诗。

这首诗是《己亥杂诗》的第一百二十九首。当时龚自珍乘舟渡江，读起陶渊明所写的《咏荆轲》，一时间百感交集，便提笔写下此诗。

我们仿佛看到，诗人独坐在舟中，眺望着滚滚东流的长江，目光深邃，现如今的清王朝，就如同这滚滚东流的长江，表面上一片平静，暗地里却早已经波涛汹涌，然而帝国上层却依然一片醉生梦死、麻木不仁，诗人竭力想做点什么。

于是诗人说：

陶渊明的诗作中喜欢写荆轲的故事；想象他写《停云》诗的情景，忍不住发出浩然的歌叹。

读到古人报恩复仇的事迹，禁不住心潮翻涌；因为江湖上能够锄强扶弱、仗义行侠的英雄豪杰已经不多了。

◎ 一句钟情

"吟到恩仇心事涌，江湖侠骨恐无多。"

每个人心中都有一个侠客梦：剑走江湖，行侠仗义。

《史记》有云："（侠者）其言必信，其行必果，已诺必诚，不爱其躯，赴士之厄困。"张潮在《幽梦影》里说："胸中小不平，可以酒消之；世间大不平，非剑不能消也。"

从某种意义上说，侠者是我们对社会的一种美好寄托：锄强扶弱是侠肠，磊落正直是侠气，英雄豪杰是侠骨。

侠之大者，为国为民。

◎ 诗歌故事

在很多人印象中，谭嗣同是一个典型的文人形象，但其实，谭嗣同是个武术技击高手，他有过许多授业老师，曾跟随通臂拳胡七学过铜、太极拳、形意拳，跟大刀王五学过单刀，跟父亲的部属刘云田学过骑马射猎，能"矢飞雁落，刀起犬亡"。

在二十多岁时，谭嗣同携剑出塞，并作诗云："笔携上国文光去，剑带单于颈血来。"当时西北天气恶劣，遇西北风大作，沙石击人，如中强弩，他却偏好"臂鹰腰弓矢，从百十健儿，与凹目凸鼻黄须雕题诸胡，大呼疾驰，争先逐猛兽"。也正是这种江湖气质，才让谭嗣同产生反清的民族主义思想。可惜的是，轰轰烈烈的戊戌变法，最终只热闹了百日，便以失败告终。

当维新党人收到消息后，纷纷开始逃亡，谭嗣同却不肯逃。日本使馆有门路让他跑，梁启超等人也劝他，他却死也不跑。他觉得这个国家急需拯救，如果这次脱逃，以后可能一生就不会再有什么机会。于是他说："各国变法，无不从流血而成，今中国未闻有因变法而流血者，此国之所以不昌。有之，请自嗣同始！"

在临死前，他在牢狱中题诗："望门投止思张俭，忍死须臾待杜根。我自横刀向天笑，去留肝胆两昆仑。"随后慨然赴死，享年33岁。

斯人若彩虹，遇上方知有。如果不是有谭嗣同这样活生生的例子，我们可能很难相信，这个世界竟然真的会有为纯粹的信念而慨然赴死的勇士。有道是"我不入地狱，谁入地狱"，"虽千万人吾往矣"，谭嗣同，足以称得上是一名真正的侠者！

1904年6月，谭嗣同棺木辗转运回湖南原籍，归葬于浏阳市城南嗣同村石山下，墓前华表有一副对联：

亘古不磨，片石苍茫立天地；

一峦挺秀，群山奔赴若波涛。

无障碍阅读

陶潜：陶渊明，名潜，字渊明，自号"五柳先生"，东晋著名田园诗人，作有《咏荆轲》一诗，又有《停云》诗。

荆轲：也称庆卿、荆卿、庆轲，战国时期著名刺客，战国末期卫国朝歌（今河南淇县）人，好读书击剑，受燕太子丹所遣，入秦刺秦王嬴政。

作家介绍

龚自珍（1792—1841），字璱人，号定盦（一作定庵），浙江临安（今浙江杭州）人。晚年居住在昆山羽琌山馆，又号羽琌山民。清代思想家、诗人、文学家和改良主义的先驱者。主张革除弊政，抵制外国侵略，曾全力支持林则徐禁除鸦片。48岁辞官南归，途中写成著名的《己亥杂诗》，共315首。被近代文人柳亚子誉为"三百年来第一流"。著有《定盦文集》。

佳句背囊

"千古江山，英雄无觅，孙仲谋处。"
出自南宋词人辛弃疾《永遇乐·京口北固亭怀古》，其中"千古江山，英雄无觅，孙仲谋处"句，词意上与"吟到恩仇心事涌，江湖侠骨恐无多"有共通之处。在这句词中，辛弃疾登临怀古，眺望河山，想起三国时那年纪轻轻就据守一方的孙权，再看看现如今的南宋朝廷，只能感慨像孙权这样的英雄人物越来越少。但是，辛弃疾却并没有因此悲观，而是依然希望自己能为国家效力！

"一身转战三千里，一剑曾当百万师。"
出自王维《老将行》。在诗中，诗人刻画了一位军中老将，他青壮年时武艺高强，身经百战，却因年老而被弃，在种田卖瓜中蹉跎岁月，令人叹惋。所引这句诗的意思是：将军曾在沙场上转战三千里，无惧生死，一人一剑，威力可当百万雄师。

本文作者

本名赵国栋，今日头条优质历史领域创作者。

十四万人齐解甲，更无一个是男儿

述国亡诗

（五代）花蕊夫人

君王城上竖降旗，妾在深宫那得知？

十四万人齐解甲，更无一个是男儿。

◎ **诗临其境**

这首诗的作者花蕊夫人，是五代十国时期后蜀国君孟昶的妃子。诗的意思不难懂，表达了作者身为深宫女子，遭受国破家亡时的心酸、无奈与激愤之情：

君王在城上竖起了降旗，做了俘虏；我一个女流，生活在深宫之中，哪里晓得这些战场拼杀的事情？敌人打来，十四万军队都卸下甲衣、扔下武器，束手投降，就没有一个是热血男儿，愿意保家卫国、血战到底！

◎ 一句钟情

"十四万人齐解甲，更无一个是男儿。"

从这句中，我们分明读出了一种无奈和恨铁不成钢。"十四万人"不战而降，居然没有一个为国家献身的志士，没有一点男儿气概。诗人以女子身份痛斥不战而降的十四万人枉为"男儿"。

诗人已经忍无可忍，紧接着一句"更无一个是男儿"酣畅淋漓！诗人恨不能上战场保家卫国，只可惜自己是个弱女子无能为力；而那甘做阶下囚没有血性的"十四万男儿"，还不如一介女流有羞愧之心。

此诗写得很有激情，表现出诗人对亡国的沉痛和十四万人不战而降的痛切之情。诗词写得极富有个性，一个泼辣的女子形象跃然纸上，呼之欲出。前三句作为铺垫，虽泼辣而不失委婉，但最后一句突然爆发，有一种鞭打入骨的特殊效果。每次读这首《述国亡诗》，似乎都能感觉到花蕊夫人脸上的那种不屑与轻视，心中陡然生出一股豪气，大丈夫气概油然而生，堂堂须眉男儿应该金戈铁马，马革裹尸，方能显出英雄本色。

◎ 诗歌故事

公元960年，赵匡胤发动"陈桥兵变"，建立宋朝，即北宋。随后，北宋不断地征讨剿灭五代十国乱世中的割据小政权。964年，北宋发动灭后蜀的战争，四十几天内就兵临成都城下，后蜀国君孟昶惊慌失措，开城投降。

孟昶及花蕊夫人被押解到了汴京（今河南开封），宋太祖赵匡胤早就听说过花蕊夫人的大名，如今一见更是羡叹不已，惊为天人。他令花蕊夫人当场作诗，花蕊夫人思考片刻，便吟出了这首《述国亡诗》。

事实上，宋军兵临成都城下时只有六万人马，而城内后蜀军队还有十四万人马，但都被宋军的声势吓破了胆。六神无主的孟昶也感慨叹息地说："我父子温衣美食，养士四十年，如今大敌当前，连个肯为我向敌人阵营里放一箭的人都没有，更不要说可以为我固守江山的人了！"

花蕊夫人身为女性，心中更是有着万般的心酸和不愿，她在诗中愤慨地质问：国家兴亡关头，本应该挺身而出为国家为妻儿而战的人都哪去了，"十四万人齐解甲，更无一个是男儿"！

宋太祖赵匡胤听了这首诗后，不仅不生气，反而对花蕊夫人更加爱慕不已。后来他将花蕊夫人纳为妃子，一度还想立为皇后，但遭到宰相赵普的反对，认为花蕊夫人是亡国妃子，立之不祥，赵匡胤考虑再三，听从了赵普的意见。

花蕊夫人的另一首词《采桑子》相传是在被押往汴京的路上所作，反映后蜀灭亡以后她内心的痛苦无助及对故国的思念：

初离蜀道心将碎，离恨绵绵，春日如年，马上时时闻杜鹃。
三千宫女皆花貌，共斗婵娟，髻学朝天，今日谁知是谶言。

离开家乡，心都要碎了，这种背井离乡的怨恨时时刻刻萦绕在我的心间。一路上明媚的春天却让人感觉到度日如年，骑在马上不时就能听见杜鹃鸟思念家乡的啼鸣。蜀国宫中的宫女们都有闭月羞花之貌，那时候大家在一起游玩，争奇斗艳，婀娜美貌赛过天仙。君王谱写万里朝天曲，大家梳高髻以示朝天，没承想朝天不是朝蜀而是投降宋朝的预言！

花蕊夫人和孟昶的感情非常好，花蕊夫人被迫成为赵匡胤的妃子以后，也念念不忘旧主孟昶，私下里还画孟昶的画像祭拜。后来她因介入宋廷权力之争，在立太子的问题上触犯了太祖弟弟、后来的宋太宗赵光义的利益。在一次打猎时，被赵光义于混乱中一箭射死。太祖虽然英明，也无从追究。

无障碍阅读

君王：指五代十国时期的后蜀国主孟昶（chǎng）。
妾：花蕊夫人的自称。
解甲：脱下盔甲，这里指投降。

作家介绍　花蕊夫人，姓徐（一说姓费），青城（今四川成都都江堰）人，被后蜀国主孟昶封为慧妃，因貌美如花蕊，故称"花蕊夫人"。

"无言独上西楼，月如钩，寂寞梧桐深院锁清秋。剪不断，理还乱，是离愁。别是一般滋味在心头。"

南唐后主李煜和花蕊夫人一样有国破家亡的惆怅和无奈，他的《相见欢·无言独上西楼》中就深含亡国之痛、故国之思。这首词把李煜那种亡国的凄苦愁意和孤独无助的心理表现得淋漓尽致。李煜的内心是极度痛苦和凄凉的，李煜的愁苦悲愤和花蕊夫人的婉转凄凉如出一辙，唯一不同的是李煜为亡国之君，花蕊夫人为亡国之妾。花蕊夫人的无奈中多了一些悲愤和不甘。

本文作者 ————————————————

智者无疆风清扬：本名毛万青，喜欢摄影、读书，尤其喜欢读历史。

世间滋味

人生世间，会经历各种各样的事情，遇到各种各样的人。谁不是风霜在途，努力前行呢？品尝百味，看淡挫折，笑对生活……

宿昔青云志，蹉跎白发年

照镜见白发

（唐）张九龄

宿昔青云志，蹉跎白发年。

谁知明镜里，形影自相怜。

◎ **诗临其境**

唐朝开元年间，张九龄任宰相，但后来奸相李林甫得势，张九龄受到排挤，罢相，被贬到荆州，这首诗便写于被贬后。

我们仿佛看到，暮年的诗人站在镜前，注视铜镜，心里有理不清的忧思。尽管年岁渐长，但诗人仍然心怀壮志，渴望能够为百姓做些什么。

无奈之际，诗人说：

以前做宰相时，报效国家，日理万机，志向远大。现在做了长史，无事可做，蹉跎岁月，虚度年华。

谁知道照镜子时，才看到自己头发白了，老了。我深深地感慨，只有形体和影子相互同情。

◎ 一句钟情

"宿昔青云志，蹉跎白发年。"

诗人曾经豪情满怀，只是岁月蹉跎，经历过颠沛流离后，诗人看到镜中的自己，乌黑的头发被岁月洗礼，变得发白了，饱经风霜的面容也变得憔悴了。时光易逝，诗人却对此无能为力，心中有无限的壮志也难以施展，只能对着镜子顾影自怜。

诗人感慨时光匆匆，壮志难酬，实际上暗藏着对现状的不甘心。

庄子说："人生天地间，若白驹过隙，忽然而已。"人生于天地之间，就像一匹骏马驰过狭窄的缝隙，一瞬间就闪过了。

我们虽然无法延展生命的长度，但可以靠自己拓展生命的宽度。不过，人要如何在有限的生命里，做出无限的事情，这是值得我们深思的问题。

◎ 诗歌故事

人一旦遭遇失败，心态和情绪就容易陷入低谷，甚至出现自暴自弃的状态。殊不知，失败是一场考验，若能经受得住考验，便会见到不一样的风景，体味不一样的人生。

公元 737 年，张九龄被贬到荆州后，心里虽有诸多不甘心，但他并不像一般的士大夫那样痛不欲生，终日借酒消愁。

与此相反，张九龄将自己放任于山水之间，有时潜心研究经史子集，有时以诗会友，彻底展现出一种"穷则独善其身，达则兼济天下"的胸怀。

在荆州期间，张九龄多出许多空闲的时间，他便借着欣赏山水树木之际，创作了十二首《感遇》诗，诗句均是托物言志，体现出诗人高尚、理想的情操。在蘅塘退士选编的《唐诗三百首》里，张九龄的《感遇》诗被列为开篇之作，可见这一组诗的地位。

除此之外，张九龄有一首《望月怀远》，借助天上的明月，思念远方的亲人和好友。诗中，"海上生明月，天涯共此时"这两句与苏轼《水调歌头》里的"但愿人长久，千里共婵娟"有着异曲同工之妙，同样被后人铭记于心，流芳百世。

张九龄的诗集《曲江集》，内容是他对自己人生轨迹的回顾与整合，有些是诗人春风得意时的作品，有些是诗人落魄被贬时的作品，他将自己的思想情感融入诗集当中。因此，《曲江集》成为唐代诗文的精华之一，流传于世。

"宿昔青云志，蹉跎白发年。"表面是感叹岁月已逝，实际上深藏着一颗对现状不满的心，既然如此，不如沉下心来，做自己喜欢的事情，才不会辜负那颗躁动不安的心。这大概是这首诗中诗人真正想说的话吧！

无障碍阅读

宿昔：宿是怀有，昔是曾经、以前。
青云志：壮志凌云，志向远大。
形影：形体和影子。

作家介绍

张九龄（673—740），字子寿，号博物，韶州曲江（今广东韶关）人。唐朝开元名相、政治家、文学家、诗人。为人有远见卓识，敢于直言进谏，能够选贤任能，不趋炎附势。文学上，对五言古诗的发展贡献尤大。著有《曲江集》，被誉为"岭南第一人"。

佳句背囊

"塞上长城空自许，镜中衰鬓已先斑。"
出自南宋诗人陆游的《书愤》，其中"塞上长城空自许，镜中衰鬓已先斑"这两句抒发的是时光蹉跎、壮志未酬的悲愤之情，与"谁知明镜里，形影自相怜"有着共通之处：不知不觉时光已经逝去，无法追回，让人感慨。

本文作者 ——————————

橙橙：今日头条原创黄 V 作者，曾获得青云计划奖励；微博认证读物博主；网易原创黄 V 作者。

白发悲明镜，青春换敝裘

武威春暮闻宇文判官西使还已到晋昌

（唐）岑参

岸雨过城头，黄鹂上戍楼。

塞花飘客泪，边柳挂乡愁。

白发悲明镜，青春换敝裘。

君从万里使，闻已到瓜州。

◎ 诗临其境

岑参是盛唐真正的边塞诗人，先后两次出塞，整整在边疆军中生活六年，自唐以来的诗人中，再也找不出第二位。

岑参的曾祖父、伯祖父、伯父都曾官至宰相，"国家六叶，吾门三相"，家史显赫，因此自幼就有重振家业报国立功的抱负，只可惜屡不得志，直至三十多岁才谋得机会跟随大将高仙芝出塞，欲以军功建功立业。

出使西域路途漫漫，到陇山头时初遇宇文判官，彼时岑参仅有一腔报国壮志以及对西域风光的向往。然而两年过去，在安西四镇走马东来西往，白发多了，衣服破旧了，而功业并未建立，此时传来宇文判官出使顺利返回瓜州的消息，诗人感慨万千：

雨过城头，黄鹂飞上了戍楼。

塞花飘落客子的泪水，边柳牵挂行人的乡愁。

长了白发对着明镜悲叹，可惜青春只换来了破裘。

此次您又承担了远行万里的使命，听说现在已经到了瓜州。

◎ 一句钟情

"白发悲明镜，青春换敝裘。"

这句诗直抒胸臆，诗人抒发着青春易逝、岁月空老而功业未成的感怀。生老病死虽是人生的规律，然大好的青春年华匆匆流逝却没有建功立业实现自己的政治理想，多少些壮志未酬的悲叹。

盛唐的读书人皆以天下为己任，诗人亦然，政治清明与否、仕途是否顺利都不影响诗人为国效劳报国建功的雄心壮志，为国为民之心一片赤诚，读来振聋发聩：我们活在当下这个时代，青春年华一样也在流逝，是否有远大的抱负，是否有清晰的目标，是否能不畏艰险地为着理想去跋涉？去奔袭？

◎ 诗歌故事

古人读书"学成文武艺，货与帝王家"，既有对自身学问的要求，更有辅佐帝王成就盛世的雄心壮志。新中国成立后完成扫盲，再到九年义务教育，几乎人人要读书，能读书。今人个个都可以是读书人，只是不知对个人的人生，对家，对国，还有多少雄心壮志？

岑参年二十不甘于隐居嵩山，自问：大丈夫生在世间，不能为国尽心尽力，只会写写诗，又有何用？友人提及当朝宰相李林甫把持朝政、排挤异己，不是出仕的好时机，岑参却道："朝廷什么时候都有忠臣奸臣，难道因此就不出去为国效劳了吗？"随即收拾行囊，作别友人，为了出仕的理想和自己的抱负出入二郡。

今人的20岁，多数还在大学校园求学，与古人比，哪怕曾经家世显赫、才情了得的岑参都出仕无门，蹉跎到30岁进士及第后才谋个闲缺难展抱负，今人的通道和选择其实要多得多，也广得多，只要目标清晰且为此不懈努力和奋斗，多能一偿夙愿，实现自己的理想和抱负。

"白发悲明镜，青春换敝裘"，青春和年华真的经不起虚度和蹉跎，每个人都仅此一生，我们来到这世间，我们要去经历最好的人生，我们要让整个世界因为我们的存在好上那么一点点，我们的寒窗苦读不仅是为了一纸文凭，我们的所作所为也不是为了买房买车再换房换车，我们值得拥有各自的理想，并为此去努力去实现，才不至于年华虚度，不至于大好青春换了件人生的破衣裳。

作家介绍　岑参（约715—770），荆州江陵（今湖北荆州）人或南阳棘阳（今河南南阳）人，盛唐边塞诗代表人物，与高适并称"高岑"；曾任嘉州（今四川乐山市）刺史，故世称"岑嘉州"。诗文以意境新奇、气势磅礴、风格奇峭著称，边塞诗尤多，代表作有《白雪歌送武判官归京》，陆游曾称赞"以为太白、子美之后一人而已"。

佳句背囊　"君不见，高堂明镜悲白发，朝如青丝暮成雪。"出自诗仙李白的名篇《将进酒》，"你难道没有看见，在高堂上面对明镜，深沉悲叹那一头白发？早晨还是青丝到了傍晚却变得如雪一般。"与"白发悲明镜"情感是相似的，皆是在抒发年华已去的伤感。

本文作者

二级心理咨询师陈妥：看世界美好，写人间值得。

空名束壮士，薄俗弃高贤

留别广陵诸公

（唐）李白

忆昔作少年，结交赵与燕。金羁络骏马，锦带横龙泉。

寸心无疑事，所向非徒然。晚节觉此疏，猎精草太玄。

空名束壮士，薄俗弃高贤。中回圣明顾，挥翰凌云烟。

骑虎不敢下，攀龙忽堕天。还家守清真，孤洁励秋蝉。

炼丹费火石，采药穷山川。卧海不关人，租税辽东田。

乘兴忽复起，棹歌溪中船。临醉谢葛强，山公欲倒鞭。

狂歌自此别，垂钓沧浪前。

◎ 诗临其境

此诗又名《留别邯郸故人》。

詹锳《李白诗文系年》根据诗中内容，认为是李白从长安供奉翰林任上放还后南游之作，并系年于天宝六载（747），当时李白47岁。

可以说，李白的一生颠沛流离，时刻都在路上，不停奔走，不停游历，不停与人相聚，不停与友告别。这首诗是他又一次要告别朋友，踏上征途时所作。大意是：

回想年轻的时候，结识的都是燕赵豪杰。那时候骏马配的是金笼头，腰间斜挂的是青泉剑。信念坚定不移，想做的事没有白干的。现在年纪大了，在这方面有所懈怠，闲来练练书法。虚名浮利总是束缚有志之士，庸俗的世道往往抛弃高明贤才。中年时深受天子隆恩，进入翰林院舞弄笔墨。伴君如伴虎，骑虎难下，攀龙附凤忽然又登高跌重。还不如回家潜心道学，洁身自好韬光养晦。找来火石炼丹药，历尽山川去采药。隐居海边不问人事，租块田地聊以度日。兴致突然来了，就去湖海泛舟。快喝醉时跟朋友辞别，像当年山简一样准备往回走了。高歌一曲，自此作别，到沧海边打鱼垂钓。

◎ 一句钟情

"空名束壮士，薄俗弃高贤。"

"空名"就是虚名，虚名最能束缚人，任你是芸芸庸众，还是仁人志士，都很难摆脱它的桎梏。"薄俗"是浅薄的世道、世俗，这样的世道让高人贤士因难以适应而被边缘化。

总而言之，这两句诗更像是一种警世格言，读来给人振聋发聩之感。

◎ 诗歌故事

　　每次听香港摇滚乐队 Beyond 演唱《海阔天空》时，有这样一句歌词"原谅我这一生不羁放纵爱自由，也会怕有一天会跌倒，背弃了理想谁人都可以，哪会怕有一天只你共我"，都让我第一时间想起李白这个人。

　　他的一生，完全配得上"不羁放纵爱自由"这几个字。

　　正是由于这样的性情，他对为官做宰和金银钱财其实并不感兴趣，他只是想通过做官来展现自己的才华，实现他的政治抱负。

　　也是由于这种思想，他恃才放旷，又狂傲不羁，这就注定了他即便有幸做了官，起点就站在别人的终点上，其仕途也无法一路顺遂。

　　用世俗的眼光来看，李白的一生不算成功。爱写诗，爱喝酒，爱舞剑，爱交友，爱游历，但除诗歌之外，终没有在政治上建奇功，立伟业。可他身上最让我喜欢的是，中国古代文人的那种气质。

　　他与同时代的杜甫等人不一样，杜甫是很谦逊的，踏踏实实做事，可李白不一样。他稍稍有点自以为是，有点狂妄自大。凡事不做则已，要做就要做到最好，必须拔尖，这是李白的性情，也是他的锋芒。

　　正如他的诗歌《上李邕》里所写："大鹏一日同风起，扶摇直上九万里。假令风歇时下来，犹能簸却沧溟水。"意思是：

人生得意须尽欢，能飞多高飞多高，如果风停了，不能借力，飞不起来了，那也要落入海里，溅起滔天巨浪，甚至要让大海也颠簸震颤。

这是他的狂妄之处，也是他作为文人的浪漫情怀和亭亭风骨所在。

进也好，退也好，都要搞出一番动静，绝不可庸庸碌碌，默默无闻。

这无疑是一种积极乐观的生活态度，也不乏豪迈激昂，让我想起了之前在一本书里读到的一段话："一个人真的不能轻易对生活妥协，你以为是妥协一次，很可能就妥协了一生。而你退缩得越多，能让你喘息的空间就越有限；你表现得越将就，一些幸福的东西就会离你越远。有些时候退一步可以海阔天空，有些时候退一步可能就是万丈深渊。"

总之，就是要把目标定高，要对自己狠，要敢想敢干，要有天不怕地不怕的精神气概。

细想，还挺有侵略性和破坏力的，都是正能量，值得一赞。

无障碍阅读

龙泉: 指龙泉剑，又名龙渊剑，始于春秋战国时期，距今有二千六百多年，是中国古代名剑，诚信高洁之剑。传说是由欧冶子和干将两大剑师联手所铸。

葛强：山简的爱将。

山公：即山简，魏晋时"竹林七贤"之一山涛的儿子，曾任镇西将军等。

佳句背囊

"贤豪赞经纶，功成空名垂。"

出自唐代诗人杜甫《奉送魏六丈佑少府之交广》，其中"贤豪赞经纶，功成空名垂"这两句，在诗意上与"空名束壮士，薄俗弃高贤"有异曲同工之妙，都有人生一世，虚名累人的感慨。

本文作者

思想碎碎念（柳雪敏）：心里有小追求，脑中有小想法，热爱生活，喜欢文字。

共谁争岁月，赢得鬓边丝

归家

（唐）杜牧

稚子牵衣问，归来何太迟。

共谁争岁月，赢得鬓边丝。

◎ **诗临其境**

杜牧，唐代杰出的诗人，这位文武双全的才子，梦想着在政治上也能有所建树。杜牧的成名篇就是著名的《阿房宫赋》。

而在《归家》一诗中，曾经的翩翩公子已过不惑之年，我们听到诗人感叹道：

年幼的孩子牵着我的衣襟，他扑闪着眼睛问我："您怎么才回家呀？"他稚嫩的话语敲打着我的心。

是啊，宦海浮沉，争名逐利，我是在和谁争这无穷岁月呢，最终却只换回了双鬓染霜！

◎ 一句钟情

"共谁争岁月，赢得鬓边丝。"

这句诗深邃且凝练，一个"争"和一个"赢"让人无限感慨。这是经年累月的思想积淀，是人过中年的迷茫困惑。总之，我们看到了一个不一样的杜牧，没有年少时"折戟沉沙铁未销，自将磨洗认前朝"的豪放不羁，也失去了"远上寒山石径斜，白云生处有人家"的淡然洒脱，亦没有"多情却似总无情，唯觉樽前笑不成"的哀婉离情，有的只是无限悔意和绵绵遗憾。

这一个"争"不禁让人想起陆游的一句"无意苦争春，一任群芳妒"。陆游是淡泊的，杜牧是苦涩的。

这一个"赢"又不免忆起辛弃疾的"了却君王天下事，赢得生前身后名"。辛弃疾笔下衰败的宋王朝、杜牧心中的大唐，都是壮志难酬的感叹。

岁月无痕，年轮渐增，一代名家也有难解的思绪，这首诗正是杜牧诗歌去除文字雕琢的朴实风格体现。

◎ 诗歌故事

杜牧的为官之路并非一帆风顺，他因卷入朝中两位重臣：牛僧孺和李德裕之间的朋党之争，而被外放到黄州任刺史，以致报国建功无门。虽然从政之路看似被堵，但是创作之门豁然打开，脱离朝政核心的杜牧自此开启了诗歌高产的时代。

《归家》创作于杜牧外放江西任职之时，他感怀于离家太久的思念心绪，感念于常年客居的凄凉心境，创作了这首羁旅怀乡的诗作。

有一种说法是："共谁争岁月，赢得鬓边丝"这句诗出自唐代诗人赵嘏的《到家》。赵嘏（约806—约853），字承祐，年轻时喜欢四处游历，留下诗篇二百余首，其中尤以七律和七绝最为出众。《到家》全诗如下："童稚苦相问，归来何太迟？共谁争岁月，赢得鬓边丝？"

通过对比不难发现，杜牧的《归家》和赵嘏的《到家》仅有首句不同，但整首诗的词意却无甚差别。没有近乡情更怯的思情，却是疏于陪伴家人的自责。

无障碍阅读

稚子：小孩子，诗中特指杜牧的儿子。
鬓边丝：鬓角两边的白头发。

佳句背囊

"白发催年老，青阳逼岁除。"
出自孟浩然的《岁暮归南山》，"白发催年老，青阳逼岁除"与"共谁争岁月，赢得鬓边丝"有异曲同工之妙，都是对岁月无情流逝的一时感叹。

本文作者

雪忆柔，自媒体创作者，一个喜欢在书海和光影世界感知世间美好的文学爱好者。

时来天地皆同力，运去英雄不自由

筹笔驿

（唐）罗隐

抛掷南阳为主忧，北征东讨尽良筹。

时来天地皆同力，运去英雄不自由。

千里山河轻孺子，两朝冠剑恨谯周。

唯余岩下多情水，犹解年年傍驿流。

◎ 诗临其境

罗隐是晚唐著名诗人，文学家。大中十三年（859），罗隐到达京师，准备参加进士考试，结果没考中。不仅如此，后面接连考了七年都不曾中第。关于这段经历，罗隐自己是这样说的："十二三年就试期。"而历史上的记载也十分直白，谓之"十上不第"。

铩羽而归的罗隐回家途中顺便游览了位于蜀道上的筹笔驿。据闻当年诸葛亮北伐曾在此驻军，运筹策于帷帐之中，决胜负于千里之外，故名"筹笔驿"。

罗隐漫游川蜀来到此处，回想往日诸葛亮于此运筹帷幄，何等英雄气概，奈何天意弄人，出师未捷身先死。今日我罗隐满腔热血，却同样命途多舛，时运不济。

于是诗人感叹道：

诸葛亮告别南阳的隐居生活，出山为先主刘备排忧解难，北征东讨四处征伐竭尽全力出谋划策。

当时机到来，时势顺利的时候，连天地仿佛都与他同心协力，可是一旦时运不济，就算英雄也身不由己。

蜀汉千里江山被后主刘禅轻易抛弃，若他泉下有知，一定会恨劝降的谯周。

现如今只剩下山岩旁多情的一江春水，仍然懂得他，陪着他，年复一年绕驿奔流。

◎ 一句钟情

"时来天地皆同力，运去英雄不自由。"

这句诗是流传千古的名句。这一句看似是在怪命运不济，在为诸葛亮北伐失败找理由，实际上是诗人内心的自我宽慰，是诗人内心与那个不甘的自己逐步和解。

"时来天地皆同力"，当运势到来，天地仿佛都在帮诸葛亮，当年赤壁之战，既有长江天险可依，又有东风相助，火烧曹操战船，大败曹军，何等雄姿英发，可谓天时地利尽占。

但运势不是一直都在的，一旦运势过去，当张飞、关羽等虎将接连殒命，身边无可用之人时，英雄也难尽展所长，身不由己。

正如雷军所说：站在风口，猪都能飞起来。运势来了，挡都挡不住，但是一旦风过去了，运势机会都过去了，该怎么办，这才是我们应该思考的问题。

这世界总有一些事我们是做不成的，这不关乎能力，是真的时运不济。也即"谋事在人，成事在天"。

◎ 诗歌故事

世界是复杂的，一方面我们要努力拼搏，另一方面，努力之后如果还是失败了，也要学会"和自己和解"。生活中很多人很容易学会与自己为敌，却可能一辈子也学不会与自己和解。所以老是搞得自己愁肠百结，愁眉不展。

而罗隐这首诗，尤其是"时来天地皆同力，运去英雄不自由"一句，实际上就是在教会我们认清现实，学会与自己和解。

纵观诸葛亮一生，多智近妖，屡献良谋。发明木牛流马、诸葛连弩等器械。二十七岁隆中对策，察天下大势，献三分之计。而后取西蜀，定南蛮，东和孙吴，北拒曹魏，火烧赤壁，六出祁山，七擒孟获。在先主刘备去世后，自公元 228 年春至 234 年冬，先后五次北伐曹魏，为匡扶汉室呕心沥血，鞠躬尽瘁。无奈时运不济，均以失败告终，最后一次直接病逝于五丈原，终年 54

岁，徒留后世泪湿沾襟。

反观罗隐一生，虽然"十上不第"，但是能认清现实，懂得与自己和解，保持乐观心态。所以罗隐活了77岁。

"得即高歌失即休""今朝有酒今朝醉"，这才是真实酣畅的人生。纵然再多智谋，时运不济，依然英雄末路，壮志难酬。

命中有时终须有，命中无时莫强求。得之我幸，失之我命。

开心点，时来天地皆同力；看开点，运去英雄不自由。

无障碍阅读

筹笔驿：在四川广元，相传诸葛亮出兵北伐，曾驻军筹划于此。

抛掷：抛下、投掷，这里指离开、告别。

南阳：诸葛亮隐居的隆中属南阳郡。

北征：指北伐攻打曹魏。

东讨：指向东攻打孙吴。

时来：时机到来。

运去：时运过去。

孺子：小子，指蜀后主刘禅。

两朝：指蜀汉刘备、刘禅两朝。

冠剑：冠指文臣、剑指武将。此处指诸葛亮。

谯周：蜀臣，魏将邓艾率军攻蜀，他力劝后主投降。

作家介绍

罗隐（833—910），字昭谏，杭州新城（今浙江杭州富阳区）人，晚唐诗人、文学家。一生参加了十多次考试，均未考中，史称"十上不第"。黄巢起义后，避乱隐居九华山；后归乡依吴越王钱镠，历任钱塘令、司勋郎中、给事中等职。其讽刺小品文成就较高，著有《两同书》《逸书》等。

佳句背囊

"东风不与周郎便，铜雀春深锁二乔。"
出自唐代诗人杜牧《赤壁》，"东风不与周郎便"与"铜雀春深锁二乔"形成因果关系，正是因为有东风相助，所以周瑜才能取得赤壁之战的胜利，此即是本诗中的"时来天地皆同力"。而如果没有东风相助，火烧赤壁的计划便不能成功，如此，曹操渡过长江，直指东吴，即便英姿勃发的周瑜也无可奈何，只能任由二乔被曹操掳走，便是此诗中的"运去英雄不自由"了。

本文作者

丁十二：喜诗词，偶有拙作；好读书，不求甚解；苏轼的众多仰慕追随者之一。

天衢名利场，尘泥继朝昏

闻景仁迁居计昌为诗寄之（节选）

（北宋）司马光

天衢名利场，尘泥继朝昏。况兹辞荣久，厌苦车马喧。

慨然忽高举，翩若黄鹄翻。朝卖西城宅，暮理南行辕。

回首岂无怀，眷眷望国门。想象解装初，完美未可论。

◎ 诗临其境

　　北宋神宗熙宁至元丰年间，王安石发起了变法，一时间朝廷官员因支持或反对变法，形成了两大阵营。作者司马光的好友范镇（字景仁）正是在此背景下，因直言反对变法而被排挤出朝廷。两人曾经相约，退休后同到洛阳居住，不料范镇出了此事，提前迁居计昌。司马光想到这里，顿感孤独，也为好友的遭遇牵肠挂肚，写下了一番感慨：

　　宫廷的波谲云诡不过是追名逐利之所，化作尘泥亦不过朝夕之间。你我很久前已远离了皇帝的眷顾，对车马喧嚣的京华烟云早已厌倦。感慨突然间的离别，你我像翻飞的黄秸。早上卖掉西城的住宅，晚上踏上南行的路途。回望岂能没有感怀？只能依依不舍地望着京都。设想到达目的地解下行囊之时，说不定又是另一番美好……

接下来，诗人想象老友到达计昌后的情景，怎么安置新家，怎么安顿新的生活，期待老友在畅享欢乐的时候，要时时给自己写信，以慰藉独守京城的诗人。

◎ 一句钟情

"天衢名利场，尘泥继朝昏。"

一句话，道尽了宦海沉浮的无常。

诗人感怀人生命运身不由己的苦楚，虽时常心怀社稷、胸有丘壑，有志于铁肩担道义，亦不能阻止朝廷中假借变法追名逐利之辈。

诗人又喟叹朝夕之间人生剧变的无奈，转眼间，自己与好友同被贬谪出京，理想抱负化为尘泥，曾经的经天纬地之才再难施展。

天衢雄伟，何其高远！尘泥渺小，何其卑微！

司马迁说："天下熙熙，皆为利来；天下攘攘，皆为利往。"司马光与好友范镇却一反世俗，拒绝与变法派朋比为奸、结党营私，这既是对个人主张的坚定，又是对皇帝的善意提醒。

"尘泥"，又何尝忘却过忧国忧民！

◎ 诗歌故事

历经沧桑，才知道真情的可贵。人性习惯在乱花迷人处沉醉，于狂澜既倒前沉沦，没有谁的人生自始至终一帆风顺，逆境中你会选择同流合污？还是洁身自好？人生的成色就在此刻分际、显现。

"天衢名利场，尘泥继朝昏。"这句分量沉重的诗句，让我感慨万千的还是三起三落的唐代中兴名将郭子仪。

我们知道，郭子仪平定了安史之乱，立下不世功勋。然而在真实历史上，郭子仪承受着皇帝猜忌、宦官进谗、下属背叛等方方面面的压力，但是郭子仪身处名利场旋涡中心，被排挤后，不因个人得失而生怨；被征召平乱，元气满满再上征途。郭子仪的心态，也正是在"沉浮"淬炼中显得愈发豁达。

一次，郭子仪手下部将出征临行前来拜望，竟发现这位曾经威震天下、如今赋闲在家的大元帅正在"伺候"妻女梳妆打扮，部将不知所措，郭子仪却丝毫不以为意。在他看来，社稷危机时，自当有战死沙场、马革裹尸的气魄；鸟尽弓藏时，也要有含饴弄孙、恬静自守的襟怀。

很多人奔波于富贵显达，得意时忘乎所以，失意时妄自菲薄，困境中更是戚戚于贫贱，汲汲于富贵，人生格局始终难以"更上一层楼"，外在物质与内在精神一无所获，白白虚度一生。

当你感伤于"人生不如意事十之八九"时，请你记得，还有一个精神世界可以挖掘，那里有山、有水、有朋友、有家人……

庸常俗世之外，还有更为迷人的精神之家，恰似夜空中的月，不耀眼、不灼热，却始终散发着温存、宁静的光。

无障碍阅读

天衢：天空广阔，任意通行，如世之广衢，故称天衢。这里应该指京都的主街道。

作家介绍

司马光（1019—1086），字君实，号迂叟，陕州夏县（今山西运城夏县）涑水乡人，世称涑水先生。北宋著名的政治家、史学家、文学家，主持编纂了中国历史上第一部编年体通史《资治通鉴》，在中国官修史书中占有极重要的地位。

佳句背囊

"一封朝奏九重天，夕贬潮州路八千。"

出自唐代韩愈的《左迁至蓝关示侄孙湘》，诗人早晨把一篇谏书上奏给朝廷，晚上就被贬离京八千里路程的潮州。韩愈写作此诗，同样是因为直言进谏而遭贬谪，相似的际遇，令两首作品的感情也很相似。

本文作者

爱读行动派：别具一格读历史，追问帝王将相荣枯背后的深层逻辑！

江头未是风波恶，别有人间行路难

鹧鸪天·送人

（南宋）辛弃疾

唱彻《阳关》泪未干，功名馀事且加餐。

浮天水送无穷树，带雨云埋一半山。

今古恨，几千般，只应离合是悲欢？

江头未是风波恶，别有人间行路难！

◎ 诗临其境

辛弃疾，一个满腔热血，一心报国，且又文武双全的豪放派词人，有着"词中之龙"之称，他所写的诗词，字里行间充满了家国情怀。

宋孝宗淳熙五年（1178）春天，原本担任江西安抚使的辛弃疾被朝廷任命为大理少卿。在从豫章赶回临安（今杭州）的途中，送别友人时，他写下了这首离别之作《鹧鸪天·送人》。

词的上片讲的是离别之情，已经唱完了离别的曲子眼泪还没有干，功名利禄变得不重要了，应当努力加餐才是；紧接着下一句是景色描写,衬托当时作者目送友人远去时的压抑心情。

值得注意的是这里的"且加餐"化用了《古诗十九首》中的"弃捐勿复道,努力加餐饭",且这里的"阳关"也并非关隘,而是琴歌《阳关三叠》。

词的下片讲述了作者从离情别恨中看到了人生道路之艰难,先是用了反问句,古往今来多少事,难道只有离别才最悲伤吗?接着便道出了作者的心声,江头风浪虽然险恶,但远远比不上在人生道路上遇到的"人心"险恶,相比离别之情,因为人心而导致自己无法成事,才是最艰难、最可悲的。

◎ 一句钟情

"江头未是风波恶,别有人间行路难!"

这句词表达了作者对世间成事之难的感叹。它也可以说是辛弃疾人生遭遇的总结。辛弃疾一直极力主张收复失地,完成统一,因此得罪了朝中的大臣,不仅没有得到重用,还数次被贬官。

所以,在辛弃疾的眼中,江头的风浪虽然是恶的,但远远比不上人间道路的艰难,再结合辛弃疾的人生经历来看,比江头风浪更险恶的就是存在于人们心中的无形"风波"。他想要做大事,却一直被一些人阻挠,所以他才会感叹最险恶的其实就是人心。

◎ 诗歌故事

人生道路虽艰难，但辛弃疾依旧为朝廷担忧，在这首词写完的两年后，辛弃疾不顾大臣们的阻挠，毅然上奏朝廷建立了"飞虎军"。

淳熙七年（1180），南方盗贼猖獗，朝廷剿匪有心无力，在听从辛弃疾的建议后，开始筹建"飞虎军"，用来剿灭盗贼。辛弃疾的出发点是为了国家，但人心叵测，世事难料。

当时主管政权的枢密院官员数次阻挠辛弃疾，在建立"飞虎军"的问题上一直给他拖后腿，甚至建立飞虎军所产生的巨额军费都是辛弃疾自己筹措的，有人也因此状告辛弃疾借此机会搜刮钱财。于是，皇帝不分青红皂白下令让辛弃疾停止筹建"飞虎军"，"别有人间行路难"这句话正是辛弃疾的人生写照。他一心报国，没想到却处处受阻，按照当时的情况来说，他想要完成人生的理想抱负，难上加难。

不过，辛弃疾并没有因此放弃，那些大臣越是阻挠他，他就越有干劲，但是可惜的是"飞虎军"建成之日，辛弃疾就离开了此地，之后他更是被人弹劾罢官，赋闲在家。

无障碍阅读

鹧鸪天：词牌名。

唱彻《阳关》：唱完送别的歌曲。彻，完；《阳关》，琴歌《阳关三叠》。

只应：只以为，此处意为"岂只"。

佳句背囊

"瞿塘嘈嘈十二滩，人言道路古来难；长恨人心不如水，等闲平地起波澜。"

此句诗出自唐朝诗人刘禹锡的《竹枝词》，诗中的这两句所表达的情感其实和"江头未是风波恶，别有人间行路难"相近：江河浪急看似凶猛，但远远比不上人生道路的险恶。

本文作者 ————————————————

话说史记：用心品味沉淀千年的历史。

我是人间惆怅客

浣溪沙

（清）纳兰性德

残雪凝辉冷画屏，落梅横笛已三更，更无人处月胧明。

我是人间惆怅客，知君何事泪纵横，断肠声里忆平生。

◎ 诗临其境

　　纳兰性德是清初著名词人，父亲是大学士纳兰明珠，母亲是英亲王阿济格的五女爱新觉罗氏，可谓是含着金汤匙出生的"官二代"。他不光出身好，还有才，做了皇帝身边的红人。可财富、地位并非他心之所向，他想要的是同所爱之人携手过宁静祥和的生活。可就是这么简单的愿望，现实也不给他实现的机会。这首词写于他人生的后半程，纳兰性德在残雪之夜顾影自怜，听着远处的凄冷笛声，回忆平生的酸甜苦辣，不由得感慨道：

　　残雪凝住光辉，在画屏上映出一层冷光；夜半三更时分，一曲《梅花落》，笛音袅袅却颇为清冷，四下无人，更显月色朦胧。

我是这世间哀愁的过客，知道你为何而泪流满面，笛声断肠，你是记起了一生的愁苦滋味啊。

◎ 一句钟情

"我是人间惆怅客。"

这句诗是诗人的内心独白，惆怅之中又藏着心灵的桃花源。

惆怅是因为诗人追求闲云野鹤的淡泊人生，却偏偏囿于富贵之地；追求执子之手与子偕老的爱情，却偏偏多次与之擦肩而过。

"我是人间惆怅客"，他说我来人间一遭，只不过是个过客，从未真正融入这个世界。他的心里总有一片净土，"十里湖光载酒游"的闲适生活，"一生一世一双人"的理想爱情，他憧憬着这世间最纯洁的美好。

然而这个世界没有绝对的美好，诗人在现实中苦苦挣扎，找不到理想的依托，终是惆怅着过完了一生。

当代的文艺青年亦是如此，在现实的夹缝里求理想，撕裂了自己，却始终无法真正拥有理想的世界。

但他们却是真正遵从本心而活着的一批人，现实中他们或许没能获得幸福，但他们创造了真正意义上的美好，不管是"十里湖光载酒游"，还是"一生一世一双人"，多年之后，依然会成为人们心目中的桃花源。

◎ 诗歌故事

"生而为人，我很抱歉。"太宰治的《人间失格》一度成了失意青年的避风港，理想的空间被现实狠狠地压榨，越来越多的人向现实妥协，放弃向往的远方。执着留下的文艺青年们，不得不将自己分成两半，一半留给现实，一半留给理想。而这样一分为二的生活，带来的是内心的苦闷与煎熬。

纳兰性德也是个不折不扣的文艺青年，他身处政治权力中心，却无心于功名利禄，只想过无拘无束的自在生活。可他承蒙圣恩，难以辞官归隐，更何况他的家族还需要他光耀门楣。

而他的爱情同样是求而不得，三个女子三段情，每一段都没扛过现实的打击。

第一个是他的表妹，他们心意互通，过了一段神仙眷侣的日子。可是表妹被选为秀女，两人只能分道扬镳。他说"人生若只如初见"，一切若都如初见那般美好又怎会惆怅满怀，可惜生活向来喜欢摧残美好，理想的爱情抵不过现实。

第二个是父母之命媒妁之言的卢氏。新婚之夜，他弃卢氏而去，可卢氏不卑不亢，用一腔柔情融化了他心里的冰。只是爱情拥有的时间太短，卢氏很快因为产子而亡故。"被酒莫惊春睡重，赌书消得泼茶香。当时只道是寻常。"婚姻里最为平淡幸福的日子，却不能长久拥有。正如李清照与赵明诚，才子佳人，却难逃阴阳两隔的命运。

第三个则是富贵人家最不能接受的歌伎沈宛，两人自以为真心相爱就能抵挡一切风雨，可沈宛踏不进纳兰家门，又饱受流言蜚语，终是受不住而选择了离去。

理想难以成为现实，惆怅就是想止也止不住，"我是人间惆怅客"，是他的独白，也是他的生命底色。

无障碍阅读

画屏：绘有彩画的屏风。

落梅：古代羌族乐曲名，又名《梅花落》，以横笛吹奏。

月胧明：指月色朦胧，不甚分明。

作家介绍

纳兰性德（1655—1685），满族正黄旗人，叶赫那拉氏，字容若，号楞伽山人，大学士纳兰明珠长子，母为英亲王阿济格第五女爱新觉罗氏。深受康熙皇帝赏识，授一等侍卫衔，多次随驾出巡。是清代最著名的词人之一。"纳兰词"题材涵盖爱情、边塞、悼亡等，其中爱情、悼亡和思乡的题材最为凄婉动人，在清代以至整个中国词坛上都享有很高的声誉，在中国文学史上也留下了浓墨重彩的一笔。著有《通志堂集》《侧帽集》《饮水词》等。

佳句背囊

"别有根芽，不是人间富贵花。"

出自纳兰性德《采桑子·塞上咏雪花》，其中"不是人间富贵花"与"我是人间惆怅客"一句肯定一句否定，句式不一样，表达的意思却是一致的。别有根芽的雪花在降落的那一刻，便有惊艳世人的魅力，可它注定与世人格格不入，一触碰便会消去形魂，于是它再高洁再素雅，也没办法成为人间的富贵花。雪花不是人间富贵花，正如纳兰性德不是人间的主人，而是客人，注定不属于人间。他们同样守着内心的纯粹理想，创造出最美的冰雪世界，酝酿出最美的诗句。

本文作者 ————————————

夕艾依：夕阳西下，依依我心，用最好的姿态，细细品读文字的力量。

志存高远

人可以平凡，但不能没有志向。无志之人，万千美景也会觉得平淡无奇；有志之士，一枝梅花也能参透人生真谛。

虽无壮士节，与世亦殊伦

咏史

（西晋）左思

荆轲饮燕市，酒酣气益震。哀歌和渐离，谓若傍无人。

虽无壮士节，与世亦殊伦。高眄邈四海，豪右何足陈。

贵者虽自贵，视之若埃尘。贱者虽自贱，重之若千钧。

◎ **诗临其境**

左思，西晋著名文学家。"洛阳纸贵"故事的主角。

此诗为左思传世名作《咏史》组诗里的第六首，约写于左思渴望政治舞台又郁郁不得志的青葱岁月。左思把自己谋求仕途所遭遇的种种坎坷、艰难，以及对晋朝政治腐败的感喟，都记录在《咏史》组诗中。在诗里，他以独特的笔法、犀利的语言、悲壮的气息，借历史的人物和史实，表达了内心世界的仕途诉求和理想抱负。

一天午后，阳光穿透了窗棂，偶有凉风吹散炽热的暑气，左思心中出现了一幕幕荡气回肠的场景，他想到了荆轲：

燕国，街边酒肆，荆轲已醉，英豪之气，摄人心魄。好友高渐离为他打着拍子，眼里饱含泪水，他旁若无人地唱着忧伤的民谣。

虽然刺秦未成，他却有着与世间普通人不同的品行。他器宇轩昂，放眼四海，那些豪门大族，不值一提。

即便是富贵的人，但是在他眼里，不过轻若尘埃。而那些和自己一样贫苦卑微的人，在他心中的分量却重逾千斤。

◎ 一句钟情

"虽无壮士节，与世亦殊伦。"

一个人的一生，总有光芒万丈的高峰时刻，也可能会有落魄潦倒的人生低谷。一件事，不足以论平生，但对于一件事的态度，可以看出一个人的操守和价值观。

荆轲刺秦发生在非常特殊的历史大背景下，秦兵压境，燕国危在旦夕，燕太子丹要荆轲"劫秦王使悉返诸侯侵地"，如不成，使"因而刺杀之"。荆轲受太子丹的厚遇重托，明知身入秦国虎穴狼窝无法全身而退，还是毅然前行。

荆轲刺秦王的真正意义并不是挽救燕国的危亡，也不能真正改变当时的大版图，而是在于他身上的侠义精神，在于他站在了抗争的最前列，塑造了反对秦国这个战争机器和挽救燕国危亡的勇者无惧形象。因此，荆轲敢于扶危济困、助弱御强、有勇有谋、视死如归的精神历来为人们称颂。

不以成败论英雄，我们也不可能每一件事都取得成功，而我们的起心动念，我们的初心不改，我们的为民请命，我们的契约精神，却是每一个时代都难能可贵的精神财富。

"虽无壮士节，与世亦殊伦"，哪怕做不了大英雄，但是我们在平凡的岗位上，用心耕耘，做一行爱一行，也会取得令人尊敬的成就、为社会认可的殊荣。哪怕一辈子默默无闻，但我们无怨无悔。因为我们的职业操守，我们的人生价值观，足以证明我们奋斗着的每一天的价值。

◎ 诗歌故事

"十步杀一人，千里不留行"，衣袂飘飘的侠士荆轲就在易水边伫立着。荆轲刺秦，是燕太子丹为了阻止秦国对燕国的吞并而实行的绝地反击。为此，燕国做了精心的准备，为了筹备与秦王的见面礼，被秦王视为"清除目标"的樊於期甘愿献上头颅；参与谋划的田光为防泄密，自刎而死。付出的巨大代价，只为刺秦行动能顺利进行，让秦王放松警惕。

荆轲临行时，燕国朝野寄予了厚望。众人集聚到易水送别，荆轲的好友高渐离含泪击筑，荆轲旁若无人地唱起了乡村的古老民谣："风萧萧兮易水寒，壮士一去兮不复还！"又一次刻画了英雄的视死如归和强大的自信力。

荆轲相对一般的杀手是有自我创新精神的，行刺的灵感来自专诸。专诸为杀王僚，把匕首藏在鱼腹中，献菜时，拿出匕首一击而中。所以，荆轲刺秦王前也充分考虑秦王心理，把匕首藏在秦王最渴望的督亢地区的地图内，想等秦王展图而观、忘乎所以的时候下手。

荆轲见到秦王，一切进展顺利，但是队友秦舞阳出了差错。秦舞阳，倒也是年少成名的侠客，十三岁杀人，十五岁学剑，十七岁有成。秦舞阳杀人的时候，被杀者都不敢和他对视，而且燕国人都称秦舞阳是勇士。可就是这样一个勇士，他看见秦王政高坐在几案之后，威武严厉；殿下武士又都是彪形大汉，执戟者甚众，就吓得脸色苍白、牙关紧咬、嘴唇发紫、浑身战栗。

秦舞阳的失态直接导致了刺杀行动的失败。秦王展图，"图穷匕首现"，荆轲一手抓秦王袖，一手用匕首刺，但没有成功。最后"秦王复击轲，被八创"，荆轲含笑而死。对荆轲的英雄气概，左思给予了极高的评价，"虽无壮士节，与世亦殊伦""贱者虽自贱，重之若千钧"。

无障碍阅读

豪右：世家大族。古时以右为尊，所以称世家大族为右族。

贵者：指豪右。贱者：指荆轲。

自贵：自以为贵。自贱：自以为贱。

钧：量名，三十斤为一钧。

作家介绍

左思（约250—305），字太冲，临淄（今山东淄博）人，西晋著名文学家。其《三都赋》颇为当时称颂，一时"洛阳纸贵"。其诗文语言质朴凝练，后人辑有《左太冲集》。

佳句背囊

"举世皆浊我独清，众人皆醉我独醒。"
出自屈原《渔父》，意思为：世界上的人都是污浊的，唯独我干净、清白；众人都已醉倒，唯独我一人清醒。形容一个人操守高洁。

本文作者

傅相标：来自浙江天台山，做好一名行走在历史最深处，呈现给天下游客最美画卷的全国高级导游。

相思无因见，怅望凉风前

折荷有赠

（唐）李白

涉江玩秋水，爱此红蕖鲜。

攀荷弄其珠，荡漾不成圆。

佳人彩云里，欲赠隔远天。

相思无因见，怅望凉风前。

◎ **诗临其境**

729 年，李白刚刚与许氏女子成亲，居住在安陆。

古代人生有四大喜事：久旱逢甘霖，他乡遇故知，洞房花烛夜，金榜题名时。然而刚刚经历洞房花烛夜的李白并没有太高兴，原因在于他的理想还没有实现。在他还没有踏上梦想中的仕途之路之前，心心念念的都是理想，于是写下这首拟古诗：

划着小船，摆着渡，荡漾着秋天的江水，更喜爱这娇艳的荷花。

划船到一朵荷花前，手指轻轻拨弄荷叶上面的水珠，却不知为什么，那水珠总是不成圆。

令人神往的美好女子像是藏在天上的云里，想要赠予她荷花，却和她隔着一片广阔而遥远的蓝天。

虽然久久相思，但是不知道相见的日子，只得伫立在这萧瑟的秋风中，继续惆怅、仰望。

◎ 一句钟情

"相思无因见，怅望凉风前。"

短短十字，颠覆了李白在我心中的印象，原来那个豪放不羁的李白也会有忧愁，原来那个豪气十足的青莲居士也会怅然，原来那个才华横溢的诗仙也会忧伤。

世上的大多数人都会有所忧愁，不是为名，就是为利，偏偏李白的追求那样高尚，他为的是理想。

百思不得其解，名扬四海的李白会有着如同俗人一般的壮志难酬。

李白把自己的理想比作在天边的美好女子，可望而不可即。想他李白学富五车，桀骜不驯，落笔惊风，却没有伯乐赏识他。

求之不得的李白，寤寐思服，辗转反侧，无心欣赏美丽的风景，迎风长叹。人生的不得意有多种，在李白的一世中，却只有壮志难酬这一桩。

◎ 诗歌故事

理想是一个人一生中最明亮的闪光点。多少人一生追逐，奉献所有的光阴，但是总会有一些不如意羁绊着你，阻拦着你。没有遗憾怎么能叫人生呢？

李白年少时就表现出卓越的才华，长大后，他希望通过官员的举荐而成就事业，可一直没有遇见能够赏识自己的伯乐。

李白惆怅之际想到，不能被别人举荐就学习毛遂自荐，他给当朝的名士韩朝宗写了一篇《与韩荆州书》，可是最后也没能得到举荐。

转眼到了天宝元年，李白终于等来了机会，因为道士吴筠的推荐，李白被召往长安，待诏翰林院。李白以为实现了自己的理想，但是在看到官场的黑暗之后十分失望，他又无力改变，所以在长安待了三年之后，就离开了。

忧国忧民的李白一直关注着朝政，安史之乱的第二年，李白自告奋勇加入幕府，却因卷入了永王和肃宗的斗争受到了牵连，被贬夜郎。

往后李白一直漂泊，一心文学创作。

上天没有让你实现自己的梦想是有原因的，不要难过，不要抱怨，积极生活，向前看，失之东隅，必将收之桑榆。即使李白没有做到宰相，但是他成了诗仙，名垂千古。

涉：原意步行渡水，此处指泛舟游湖。

红蕖（qú）：荷花盛开。蕖：指芙蕖，荷花的别称。

无因：没有途径，没有办法。

佳句背囊

"念天地之悠悠，独怆然而涕下。"

这句诗出自唐朝诗人陈子昂的《登幽州台歌》，其中"念天地之悠悠"和"相思无因见"相似，都体现了作者无法改变现状，只得望天望地。"独怆然而涕下"和"怅望凉风前"写出作者壮志难酬的悲伤，知道自己报国无望，所以眼泪流下来。

本文作者

赵悦辉，一名来自长春的"95后"作者。

浩歌待明月，曲尽已忘情

春日醉起言志

(唐)李白

处世若大梦，胡为劳其生？所以终日醉，颓然卧前楹。

觉来眄庭前，一鸟花间鸣。借问此何时，春风语流莺。

感之欲叹息，对酒还自倾。浩歌待明月，曲尽已忘情。

◎ **诗临其境**

仕途上的不顺，让性格不羁、恃才傲物的李白感到心中苦闷，时常独坐家中借酒消愁，这首诗也是作者酒后有感而发：

人生在世就像一场大梦，干吗要活得这么心累呢？我终日借酒解忧，化解那仕途不顺所带来的心中苦闷，喝多了就依偎在庭前睡上一觉。一觉醒来，斜望着庭前的景象，忽然间感受到春意盎然，让我觉得悠然自得，仿佛大彻大悟了一样，仕途上的荣辱得失早已看淡。本想问问是什么时辰了，奈何春风正忙着与莺鸟交谈，无意回答。正在感慨万千之际，忽然害怕自己从顿悟中走出来，又回到令人苦闷的现实当中，所以赶紧拿起酒壶自饮了起来，借着醉意维持这美好的感觉。我一边饮酒高歌，一边等待明月的出现，我要向世人证明，自己的志向像明月一样迟早会到来，不知不觉中明月已起，歌声渐息，我心中早已进入了那悠然自得的境界，世俗的困难无法阻止我前进的步伐。

◎ 一句钟情

"浩歌待明月，曲尽已忘情。"

"浩歌"一词表现出诗人狂放不羁的性格，以及对待人生的那种豪迈而又积极乐观的生活态度。"待明月"表达此时诗人那种孤寂冷清的处境。再者"明月"在诗人心目中一直是高尚品质人格的代表，加上一个"待"字表达出诗人还会以积极乐观的心态继续坚持自己的志向。

"曲尽"与"浩歌"相呼应。"已忘情"是说诗人抛弃了世俗的烦恼后，开始享受那悠然自得的境界。

整个句子衔接连贯，文字意象表达浪漫大气，感情上积极乐观，读后令人心情愉悦，思想也豁然开朗。

◎ 诗歌故事

入仕为官是李白一生都在追求的理想，他虽然年少成名，但直到过了不惑之年，才得到皇帝的赏识。然而由于李白的恃才傲物，不肯阿谀当时的权贵，他很快便受到了排挤，来之不易的机会就这样失去了。对于如此的际遇，李白开始感到十分的苦闷，只好一醉解千愁。但是有着积极乐观态度的李白并没有因此就放弃了理想，本着"天生我材必有用"的信念，反而以豁达的胸襟来面对现实的困难，故而写下"浩歌待明月，曲尽已忘情"这样的诗句。

其实古人也好，今人也罢，我们在实现理想的过程中必然会遇见一些困难，但不能因此就退缩了，要时刻以积极乐观的心态来面对困难，要相信困难终将会被克服，我们的理想也终将会实现，就像李白那样虽然郁郁不得志，但依旧秉持着积极乐观的心态，坚信那轮心中的"明月"终将会出现。

无障碍阅读

胡为：胡，疑问词，为何，何故。
颓然：形容醉酒后倒下的样子。
前楹：庭前的柱子。
眄：斜视，一作"盼"
流莺：莺鸟，其音流丽婉转。
浩歌：放声高歌。
忘情：忘却世事俗情，形容无忧无虑的样子。

"长风破浪会有时，直挂云帆济沧海。"

这句诗同样是李白的手笔，是《行路难·其一》的最后一句。诗句大意是：不惧眼前的风浪，等冲破这道风浪，就会在这大海中遨游。"会有时"代表相信困难会过去，这与"待明月"表达的含义有着异曲同工之妙。两句诗都是通过浪漫主义的手法，表达了诗人以一种积极乐观的心态来看待眼前的困难，相信困难会过去，自己的理想一定会实现，到那时心情自然会豁然开朗。

本文作者 ———————————————————

哔哔巫：自由文史撰稿人。

多才自劳苦，无用只因循

酬裴十六功曹巡府西驿途中见寄

（唐）韩愈

相公罢论道，聿至活东人。御史坐言事，作吏府中尘。

遂令河南治，今古无俦伦。四海日富庶，道途隘蹄轮。

府西三百里，候馆同鱼鳞。相公谓御史，劳子去自巡。

是时山水秋，光景何鲜新。哀鸿鸣清耳，宿雾褰高旻。

遗我行旅诗，轩轩有风神。譬如黄金盘，照耀荆璞真。

我来亦已幸，事贤友其仁。持竿洛水侧，孤坐屡穷辰。

多才自劳苦，无用只因循。辞免期匪远，行行及山春。

◎ 诗临其境

公元 807 年，韩愈调职回京途经河南，当时郑馀庆与裴度主理河南政务。刚好赶上裴度巡视府西驿站，于是韩愈与他途中相遇。为了颂扬裴、郑二人的政绩，韩愈写下这首诗：

去年底，郑公罢相被贬来河南，经过努力让当地人民富足快活起来。裴公从监察御史被贬至此以后，尽心尽力辅佐郑公，积极建言献策，做事亲力亲为，却很少顾家，以至于让府中落满尘土。

二位先生虽然被贬于此地，却没有因事生恨，就像庄子一样无为，独钓洛水边，一坐就是一整天，想来应该是在为国事烦心吧？像您（裴公）这样有德才的人，一定是非常劳苦的吧，既要以身作则，还要身体力行，为国分忧。像我这种无用的人，就是因为懒散怠慢，相比之下，让人惭愧。

不过我相信您（裴公）现在被贬谪的困境只是暂时的，是不会长远的，那重新起用的诏书或许已经在路上了，到了来年春天就会抵达这里的。

◎ 一句钟情

"多才自劳苦，无用只因循。"

意指天下那些有才德的人，都经历了苦难挫折；那些获得成功的人，都经历了不为人知、常人难以理解的磨难。相对而言，那些整天把梦想挂在嘴边的人、那些总是抱怨怀才不遇的人，不过是为自己的不上进、不努力找借口罢了。

这句诗在现今常用来勉励年轻人，人生中不管遇到什么样的挫折，都不要颓废丧气，而是要奋发振作起来。同时也告诉我们，不要只看到别人成功后光鲜的表面，而是要透过表面，去看他在背后为此所付出的努力。在这里多才和无用形成强烈对比。多才泛指那些刻苦努力之人，而无用指那些碌碌无为、不思进取的人。

◎ 诗歌故事

作为年轻人在遇到困难的时候，不要轻易放弃，更不要轻言放弃，要认识到天下所有的成功乃绝非偶然。

"多才自劳苦，无用只因循。"这句诗表面看起来虽然是韩愈在贬低自己抬高裴度，实际上韩愈也看出自己与裴度两人在受挫时，各自表现出来的态度的不同。

韩愈仕途坎坷，早年四度应试，才中进士。三次参加博学鸿词科考试，均落选。多方投书求官，亦未成功，后才找到幕僚的职位。又因上书获罪被贬，后得赦。

自认为是一个多才多能之人，内心抱负却得不到施展，这让他耿耿于怀。他看到被贬的裴度并没有因为自己的处境而怨愤郁躁，情激调变，而是以行动来说话，在职工作做得很到位，把河南治理得井然有序，上下一片祥和景致。

韩愈见后深有感触，自叹不如，然后发出了"多才自劳苦，无用只因循"的感慨。他虽然才华过人，但有着所有文人"自视过高"的通病。他虽然有一身正气，但官场并不是那么简单，想要为国效力并不是凭着一腔热血就行，而是要不断修炼。

"多才自劳苦，无用只因循"这句诗告诉我们：在面对困难与挫折时，不要萎靡不振，应怀着积极向上的心态，去砥砺自我，知难而上，并且奋然前行；同时也让我们知道：一个人的成功，其背后所付出的努力与他所得到的成正比，甚至更多。天下那些有才德的人都是经历了苦难挫折，才获得的成功。

无障碍阅读

贤：指郑馀庆。

仁：指裴度。

持竿：执持钓竿，指钓鱼。用庄子典故，《庄子·秋水》："庄子钓于濮水，楚王使大夫二人往先焉，曰：'愿以境内累矣！'庄子持竿不顾。"

作家介绍 韩愈（768—824），字退之，河南河阳（今河南孟州）人，自称"郡望昌黎"，世称"韩昌黎""昌黎先生"。唐代文学家、思想家、哲学家。进士，晚年官至吏部侍郎，所以又称"韩吏部"；谥号"文"，故又称"韩文公"。韩愈是唐代古文运动的倡导者，"唐宋八大家"之首，与柳宗元并称"韩柳"，有"文章巨公"和"百代文宗"之名。后人将其与柳宗元、欧阳修和苏轼合称"千古文章四大家"。他提出的"文道合一""气盛言宜""务去陈言""文从字顺"等散文的写作理论，对后人很有指导意义。有《韩昌黎集》传世。

"宝剑锋从磨砺出，梅花香自苦寒来。"

与"多才自劳苦，无用只因循"有异曲同工之妙。只有不断磨砺才能磨出宝剑的锐利刀锋，经过了寒冷的冬季梅花自会香气袭人。喻义人唯有不断地努力，磨炼自己，克服困难，才能得到自己想要的才能。

本文作者

防弹玻璃猫，一个爱文字的人，愿在清浅的时光里，安守一颗纯净的心！

拣尽寒枝不肯栖，寂寞沙洲冷

卜算子·黄州定慧院寓居作

（宋）苏轼

缺月挂疏桐，漏断人初静。谁见幽人独往来，缥缈孤鸿影。
惊起却回头，有恨无人省。拣尽寒枝不肯栖，寂寞沙洲冷。

【诗临其境】

宋神宗元丰三年（1080），苏轼因"乌台诗案"被贬为黄州团练副使，此后他在黄州居住了大约四年的时间。这首词便是苏轼初贬黄州，寓居定慧院时所作。

虽然被贬至偏僻之地，但苏轼仍然可以乐观面对。他甚至带着家人开始了在名为东坡的一块田中的务农生活，并且自称"东坡居士"。但苏轼毕竟是被贬至黄州的，他的内心不可能完全没有痛苦。这首词即是他在月夜独行时内心苦闷的写照。

所以词人说：

月牙挂在稀疏的梧桐树上，更漏已断，夜深人静。有谁看见幽居之人独自往来，就如那缥缈孤单的大雁一般。

突然间惊起但又回过头来，心中的怨恨却无人知晓。孤单的大雁挑遍了寒枝也不肯栖息，宁愿在沙洲上忍受着寂寞和寒冷。

◎ 一句钟情

"拣尽寒枝不肯栖，寂寞沙洲冷。"

词人以一只孤单的大雁不肯随意栖息在枝头，宁愿忍受沙洲上的寂寞和寒冷来象征自己当时的处境和心境。

孤鸿尚且如此，更何况无辜被贬的词人。东坡居士本就天赋异禀、品行高洁，不愿与小人同流合污。正是因此得罪了朝廷里的当权派，才被贬至黄州，"乌台诗案"仅仅是一个借口和幌子而已。

词人笔下的孤鸿只是到处飞翔、徘徊，没有固定的栖息之地，即使面临着孤单、寂寞与寒冷。恰如一再被贬谪的他自己，不仅生活上颠沛流离，更是空有一身才华，毫无报国、安民之路，所以只能在乡野之地的月夜里寂寞地徘徊。但纵然如此，词人也并不想向任何恶势力低头以换取高官厚禄，他孤独、倔强地坚守着自己的底线，始终不忘初心。

【诗歌故事】

第一次读到苏东坡的这首词时我刚上大学不久。从一个偏僻的小县城去到一个完全陌生的大都市，我实在难以适应。更加让我觉得为难的是如何与室友、同学的相处问题，"我本将心向明月，奈何明月照沟渠"。后来，我索性放弃了对任何人的幻想和讨好，一个人独来独往，做我该做的、想做的事，不看任何人的脸色。

但那如影随形的孤独、寂寞时常也让我难以忍受，所以当我读到苏东坡的这首词时真的感觉自己找到了知音。几乎只是读了一遍，我就记住了这首词，然后就经常边走边在心中默念或者在稿纸上默写这首词。正是这首词陪我度过了那段最艰难的时光，所以即使后来读过了更多、更好的古诗词，但我最爱的始终是它。

时至今日，我也如同词中的孤鸿一般，去过很多地方，见过很多人，但却从未找到一个可以安居的地方或者一个可以托付终身的人。当然，我也从未想过随意去将就、认命、凑合，即使面临着许多的孤独、苦楚和压力。

一千年前的苏东坡大半生都是在被贬谪的颠沛流离中度过的，但自始至终，他都没有向生活投降。他也因此成为垂范千古的楷模，即使到了今天，依然让我们怀念和学习。

无障碍阅读

漏：指更漏，古人用来计时的漏壶。

幽人：幽居的人。

缥缈：形容隐隐约约、若有若无的样子。

作家介绍

苏轼（1037—1101），字子瞻、和仲，号铁冠道人、东坡居士，眉州眉山（今四川眉山）人。北宋著名文学家、书法家、画家、诗人。宋高宗时追赠太师，宋孝宗时追谥"文忠"。学识渊博，与父苏洵、弟苏辙合称"三苏"；诗与黄庭坚并称"苏黄"；词与辛弃疾同是豪放派代表，并称"苏辛"；散文与欧阳修并称"欧苏"，同为"唐宋八大家"之一。书法与黄庭坚、米芾和蔡襄合称"宋四家"。擅长文人画，尤擅墨竹、怪石、枯木等。作品有《东坡七集》《东坡易传》《东坡书传》《东坡乐府》等传世。

佳句背囊

"过尽千帆皆不是，斜晖脉脉水悠悠。肠断白蘋洲。"出自唐代词人温庭筠的《望江南》，与"拣尽寒枝不肯栖，寂寞沙洲冷"在词义上有一定的相似之处，达到了异曲同工的效果。无数船只从词人眼前过去，但词人心中所期盼的人却都没有出现。夕阳的余晖静静地洒在江面上，江水也在静静地流淌。但词人千回百转的愁肠仿佛要断在那片白蘋洲上了。

本文作者

海蓝：渴望自在行走的文艺青年。

但得众生皆得饱，不辞羸病卧残阳

病牛

（宋）李纲

耕犁千亩实千箱，力尽筋疲谁复伤？

但得众生皆得饱，不辞羸病卧残阳。

◎ **诗临其境**

李纲生活在两宋之际，官至宰相，却因性格耿直，几度被贬。

北宋时期，李纲曾经主持东京保卫战，击退金兵，却被投降派排挤，离开京城。宋室南渡之后，李纲又重新任相，他殚精竭虑，重振朝纲，积极组织抗金，后又被投降派弹劾，不久被贬至武昌。第二年，李纲再被贬至澧州，遂作此诗。

在这首诗中，诗人说：

耕耘千亩良田，换来千仓余粮；为此筋疲力尽，可又有谁同情怜悯？

要是能够使天下苍生都能吃饱，即使病倒在残阳之下，也在所不辞。

诗人托物言志，以病牛自喻，诗句中饱含着对病牛深深的同情，同时也表达了自己虽像病牛一样疲惫不堪，但仍胸怀社稷，心系苍生，时刻不忘抗金报国的远大志向。

◎ 一句钟情

"但得众生皆得饱，不辞羸病卧残阳。"

在古代农耕社会，牛是一种比较常见的家畜，是农民最好的帮手，农忙时节帮忙耕地，闲时用作交通工具。古代人对牛有着特殊的感情。对普通百姓来说，牛不仅仅是财产，更是最要好的朋友。

在中国数千年的文化中，牛已不仅仅是牛，而且是代表着一种任劳任怨、无私奉献的精神。

诗人的这两句诗，将牛的高度进一步升华，病牛并不在乎同情和怜悯，而是在乎苍生能否吃饱。为此，它不惜负重前行。

诗人李纲不仅是一位爱国诗人，更是一位真正的英雄。他鞠躬尽瘁，为社稷做出了突出贡献，却屡次遭陷害被罢免，他内心的苦楚可想而知，这和"耕犁千亩实千箱"，却得不到任何同情的病牛非常吻合。尽管如此，诗人并没有抱怨，而是借这一句诗表达了自己默默付出，不求回报的高尚情操。

◎ 诗歌故事

李纲一心报国，却数次遭人陷害被贬官，但他却仍不改初心，心系社稷苍生，胸怀天下。这首《病牛》不仅写出了诗人自己的心声，诗歌中所蕴含的"达则兼济天下"的家国情怀，更是引起无数仁人志士的共鸣。

于谦是明朝著名的忠臣，从小就志存高远。相传他12岁那年，在一座窑前观看师傅们煅烧石灰。一堆堆黑色的山石，经过熊熊烈火煅烧之后，变成了洁白的石灰。少年于谦看到后有感而发，写下了著名的《石灰吟》：

> 千锤万凿出深山，烈火焚烧若等闲。
> 粉骨碎身浑不怕，要留清白在人间。

这首诗是石灰的真实写照，更是诗人的人生追求，他从小给自己立下一个志向，长大要做一位为国为民的好官。后来的于谦，无论身在何处、无论官职多大，始终没有忘记自己的初心。

于谦在做巡抚时，经常骑着一匹瘦马视察民情，将百姓遇到的实际困难上报给朝廷，为百姓排忧解难。看到百姓生活好了，他开心得像个孩子。

面对苦难，于谦始终保持着积极乐观的心态。有一年春节，他只身一人在北方过冬。夜里，于谦被寒冷冻醒，联想到漂泊在外的游子，他写了一首诗，在诗中他鼓励游子，说尽管天气很冷，但这点寒冷不算什么，春天很快就会到来。

在国家需要时，于谦义无反顾，挺身而出。公元 1449 年，瓦剌大军兵临城下，明朝岌岌可危。大臣们都在商量着逃跑，于谦却力排众议，坚持守卫京城。最后他凭一己之力，扶大厦之将倾，救社稷于危亡之中，也使百姓免于战争之苦。

于谦比李纲晚了几百年，但他却用实际行动，践行着李纲诗中表达的内涵。这首《病牛》告诉我们：做人要有远大的志向、崇高的品格；逆境时，要保持积极乐观的心态，不要自怨自艾；处于顺境时，要不忘初心，胸怀天下。

于谦最终和李纲、岳飞等人一起名垂青史！

无障碍阅读

实千箱：指生产的粮食多。实：充实。箱：装粮的容器，又指官府的仓房。
伤：哀怜，同情，怜悯。
羸（léi）病：瘦弱有病。

李纲（1083—1140），字伯纪，号梁溪先生，常州无锡人，祖籍福建邵武。两宋之际抗金名臣。李纲能诗文，写有不少爱国篇章。亦能词，其咏史之作，形象鲜明生动，风格沉雄劲健。著有《梁溪先生文集》《靖康传信录》《梁溪词》等。

"但愿苍生俱饱暖,不辞辛苦出山林。"

出自明朝诗人于谦《咏煤炭》。这两首诗可谓非常相似,都是托物言志,一个是"咏病牛",一个是"咏煤炭",两首诗所表达的含义也十分接近,都表达了诗人胸怀天下、忧国忧民的远大志向,甘愿为理想献身的高尚情操。

本文作者

张香豫:头条号"豫荐你",北京师范大学文学学士,喜欢历史和文学,致力于传播传统文化!

天地寂寥山雨歇，几生修得到梅花

武夷山中

（南宋）谢枋得

十年无梦得还家，独立青峰野水涯。

天地寂寥山雨歇，几生修得到梅花？

◎ 诗临其境

　　南宋亡国时，谢枋得以江东制置使身份再次召集义兵，在信州和元军展开殊死搏斗，但终因朝廷内部主要官员纷纷投降，他孤立无援寡不敌众而失败，后因元军追杀，他逃入武夷山抗节隐居，流浪于山区十二年之久。这首诗就是谢枋得将近 60 岁，在武夷山中颠沛流离时所作，诗人写道：

　　十年了，就是在梦里也不曾回到过我深深眷恋的故乡，此时此刻我独自站立在这青峰绿水之间，天地之间孤寂苍凉，山雨骤然而止。看到对面那悬崖峭壁间刚毅挺立、傲然绽放的梅花，我不禁想问问自己，到底要经历多少岁月才能修炼成梅花那样的品格呢?

◎ 一句钟情

"天地寂寥山雨歇,几生修得到梅花?"

那年初春,去拜访国父中山陵,春寒料峭中下起了中雨,游人稀少。从中山陵到明孝陵,沿着神道来到了梅花山。雨渐渐停了下来,远远地看到山下几株红梅悄然开放,不由得心中暗喜,快步走过去。枝头的红梅晶莹剔透,挂满雨滴的梅花更加冰清玉洁了。此时天地之间一片寂寥,并且是刚刚下过了一场雨,这时脑海中突然就蹦出来谢枋得的这句"天地寂寥山雨歇,几生修得到梅花"。

这南京梅花山的梅花最早种于六朝时期,到现在已有1500多年的历史了。这里既有东吴大帝孙权之墓,也有近代汉奸汪精卫葬于此地(后被平坟掘墓)。一个名垂青史,一个遗臭万年,但谁又能真正如谢枋得一样百般修炼达到梅花那种高洁坚贞的高尚品德?

◎ 诗歌故事

30岁的时候,谢枋得与小他10岁的文天祥一起考中了进士。1283年文天祥从容就义,而这时谢枋得已经在武夷山中逃亡隐居数载。元朝统一中原初期,开始拉拢汉族士大夫以巩固统治,由于谢枋得的名声远扬,元朝曾先后五次派人来诱降,都被他严词拒绝。1289 年，朝廷命官魏天祐亲自出马劝降谢枋得以邀功。

谢枋得"傲岸不为礼"，他根本不搭理魏天祐那威逼利诱的一套，淡然一笑说："人莫不有一死，或重于泰山，或轻于鸿毛，若逼我降元，我必慷慨赴死，决不失志。"

魏天祐恼羞成怒，拘禁谢枋得，把他强行押往大都，古有伯夷叔齐不食周粟以采薇为生而保守节操，谢枋得一路之上拒食米面只食果蔬饮水开始绝食准备。

至元二十六年（1289）五月，抵达大都的谢枋得已经虚弱至极。元朝方面派已经入朝为元官的赵孟頫等人前来劝降，谢枋得皆闭目不见。在大都的悯忠寺（今法源寺）绝食五天后，谢枋得以死殉国，宁死不辱，至死未降。

无障碍阅读

十年：诗人抗元失败，至作此诗时将近十年。
青峰：苍翠的山峰。
几生：何年何月、几时。

谢枋得（1226—1289），字君直，号叠山，别号依斋，信州弋阳（今江西上饶弋阳县）人。宋理宗宝祐四年进士，南宋末年著名的爱国诗人，担任六部侍郎，带领义军抵抗元军，被俘后至死不屈，身死殉国，著有《叠山集》《文章轨范》。

**佳句
背囊**

"零落成泥碾作尘，只有香如故。"

出自南宋著名爱国诗人陆游的《卜算子·咏梅》。陆游一生爱梅花如痴、如狂、如醉，一生写了一百多首有关梅花的诗词。这句"零落成泥碾作尘，只有香如故"写的是梅花虽然凋零飘落，被碾压粉碎成泥成尘，但仍散发出幽幽的清香。陆游的这句乃千古佳句，他以花喻人，描写出了梅花的不屈，任环境摧残依然香如故的铮铮铁骨和高洁品质，把梅之风骨和作者本人的傲骨完美结合，是历代描写梅花作品中的上佳之作。

本文作者

花拾间：河南省收藏家协会会员，今日头条、百家号优秀文博作者。

浮云看富贵，流水淡须眉

题太公钓渭图

（明）刘基

璇室群酣夜，璜溪独钓时。浮云看富贵，流水淡须眉。

偶应非熊兆，尊为帝者师。轩裳如固有，千载起人思。

◎ **诗临其境**

刘基以神机妙算、运筹帷幄著称于世，是元末明初杰出的军事谋略家、政治家、思想家，同时也是一位出色的文学家。

"姜太公钓鱼——愿者上钩"的故事流传已久：商朝末年，纣王昏庸，民不聊生，周文王姬昌遍访天下，寻求贤才帮助自己筹划灭商大计。一天文王外出打猎，见一位白发老人在渭水璜溪边钓鱼，嘴里念叨着："鱼儿啊鱼儿，愿意上钩的快来上钩！"再一看，这位老人钓鱼的鱼钩离水面竟然有三尺高，除了钓鱼的高度奇怪，文王还发现鱼钩上并没有钓饵，鱼钩还是直的，这样怎么能钓到鱼呢？万般好奇之下，文王过去和老人攀谈。细谈之下，文王发现这位叫姜子牙的老人学识渊博、智慧超群，正是自己要找的罕见能人，便力邀他加入自己麾下，共商国是。姜子牙最终也不负众望，帮助文王和他的儿子武王推翻商纣统治，建立周朝，开启了生机勃勃的新时代。

刘基正是在鉴赏《太公钓渭图》时，触画生情，写下了这首诗。看着图中怡然自得、独特自荐的姜太公，想到他与周文王的君臣际遇，初入仕途而不顺的刘基，越发觉得自己怀才不遇。在《题太公钓渭图》的诗中，刘基字里行间都在渴望有贤明的君王，能像周文王一样赏识乡野间的自己，从而能够一展抱负，实现人生追求。

于是诗人说：

商朝的朝堂上纣王在寻欢作乐，渭水的璜溪边姜太公却在钓鱼自得；

许多人苦苦追求的金钱和地位就像天上的浮云般来去无踪，无法永恒拥有，随着时光逝去，真正能为自己所有的，除了逐渐变白的眉毛，便是个人历练出来的心境和智慧了；

遥想当年周文王打猎前，曾占卜说会遇到一位贤人，之后果然见到了直钩垂钓的姜太公，还拜他为师，向他学习帝王之道，最终名垂千古；

如果我也和太公一样，注定会遇见明君，建功立业，那千载之下，应该也会有人记得我曾经的贡献吧！

◎ 一句钟情

"浮云看富贵，流水淡须眉。"

浮云时卷时舒，聚散无常，流水更是一年四季永不停歇地向前奔腾。世事捉摸不定，金钱和地位等的身外之物便也是过眼云烟，不必强求；人生在世更应该追求的，是如水般兼收并蓄的境界。

老子曾说："天下莫柔弱于水，而攻坚强者莫之能胜。"没有比水更柔弱的东西，它没有一定的形状和颜色，但当它凝结成冰，又或者是汇聚成海，就变成了天下最强大的力量之源。

流水里有着超脱自然的力量，在流水中倒映的太公发白的双眉，也凝聚了他一生的智慧。所谓君子当如是，画外的刘基，看着画中的姜太公，惺惺相惜。心境淡如水，心胸宽似海，唯有如此，才能不被俗物困扰，真正做到胸有抱负，心忧天下，造福人民。

◎ 诗歌故事

智慧其实像水一样，随着时间的流逝，会一直在生活各处历练和流淌。

很多人忙碌终年，只是为了混一个温饱，追求一个安身立命之所。却有一些人，在时代大势前，挺身而出，迎难而上，用实际行动成为"最可爱的人"。

2020 年初，一场突然的疫情，让所有人的生活计划都被影响。疫情到底有多严重，日常需要如何防控，过年还能不能正常聚会，人们迫切想寻找一位信得过的专家得到答案。

复旦大学附属华山医院感染科主任张文宏，在几次疫情采访中，因为多次向公众准确传递防控信息，语言又亲民，迅速走红网络，成为一名"网红"医生。

他号召大家相信专业人士："专家们都很自信，也会经常吵架，但每个人都是抱着对患者极端负责的态度工作。"

他呼吁要更多地关心医护人员："都在歌颂医生，医生有多重要，护理姐妹们就有多重要，医护团队是一体的。"

他为职场人士防疫支招："防火防盗防同事，减少面对面沟通和聚餐，随时戴口罩，既保护自己也保护别人。"

他给那些坚守家门的人打气："每个人都是'战士'，你在家里不是隔离，是在战斗！如果全社会都动员起来，'闷'住病毒，就是为社会做贡献，我们离战胜疫情的节点就更近一步！"

在危机面前，有人高价囤积售卖防控物资，有人却毅然奔赴一线，用专业和敬业凝成了防疫最坚实的一道屏障，保卫了家国，也捍卫了医生职责。

对于自己因采访走红，张文宏医生也没有欣喜若狂，坦言自己只是做了该做的事，"年近半百，被别人欺负得多了，会明白不能欺负老实人，疫情来了，医务工作者必须讲话（传播正确知识），但当事情一过，大家也就不会再看我了，我会非常安静走开，躲在角落里看书。"

著名诗人木心曾有诗云：

万头攒动火树银花处

不必找我

如欲相见

我在各种悲喜交集处

能做的

只是长途跋涉的归真返璞

繁华落尽，幻影和虚妄都将消失，会被大众铭记的，都是心系天下、真抓实干的人。

淡泊名利，永远清醒，恪尽职守，将心比心，或许就是"浮云看富贵，流水淡须眉"要告诉我们的道理吧。

无障碍阅读

璇 (xuán) 室：美玉装饰的房子。此处指商纣王的荒淫奢靡。

璜 (huáng) 溪：在今宝鸡市渭水之滨。相传太公望在此垂钓而得璜玉，故又称璜溪。

非熊兆：相传周文王将出猎，使人占卜曰："将大获，非熊非罴，天遣汝师以佐昌。"果然出猎时遇吕尚于渭水之滨。

轩裳：轩为车，裳为衣。轩裳指卿大夫所用的车与衣。

刘基（1311—1375），字伯温，浙江青田（今浙江文成）人。元末明初政治家、文学家，明朝开国元勋。精通天文、兵法、数理等，尤以诗文见长。诗文古朴雄放，不乏抨击统治者腐朽、同情民间疾苦之作。与宋濂、高启并称"明初诗文三大家"。著作均收入《诚意伯文集》。刘基辅佐朱元璋平天下。朱元璋多次称他为"吾之子房"。在中国民间，也流传着"三分天下诸葛亮，一统江山刘伯温；前朝军师诸葛亮，后朝军师刘伯温"的说法。

"三十功名尘与土，八千里路云和月。"

出自南宋抗金名将岳飞《满江红》，其中"三十功名尘与土，八千里路云和月"两句，对仗工整，朗朗上口，与"浮云看富贵，流水淡须眉"有共通之处：功与名，得与失，对人生大局而言，就像"尘与土"，都是短暂而微不足道的，要想实现人生理想，还需要更大的努力和更执着的决心。

本文作者

松蝴蝶：自媒体发表多篇10w+爆文，今日头条青云计划获得者，文化领域优质创作者。

休言女子非英物，夜夜龙泉壁上鸣

鹧鸪天
（近代）秋瑾

祖国沉沦感不禁，闲来海外觅知音。

金瓯已缺总须补，为国牺牲敢惜身！

嗟险阻，叹飘零，关山万里作雄行。

休言女子非英物，夜夜龙泉壁上鸣。

◎ 诗临其境

秋瑾是近代著名的革命志士，同时也是中国女权运动的先驱。

中日甲午战争时，清朝风雨飘摇，岌岌可危。救亡图存的念头在每个爱国英雄的心间涌起，仁人志士们抗争意志日益强烈，其中不乏红装英雄，秋瑾就是其中的典型代表。

在这多灾多难之际，我们似乎可以感应到词人的救国心切，革命救国不仅仅是男子的事情，女儿身也有爱国志！

这首词就写在秋瑾赴日留学前，为了寻找革命道路，她在

30多岁时远渡海外。

作者说:

眼下祖国沉沦,山河破碎,东渡日本只为了寻找革命同志。国土已被列强占据,为了国家牺牲自己又何妨! 只是感叹前路艰辛,孤身一人前往海外;但是为了救国也要不远万里留学。人人都说女子不能成为英雄,可是就连我那挂在墙上的龙泉宝剑,都夜夜在剑鞘中龙吟。

◎ 一句钟情

"休言女子非英物,夜夜龙泉壁上鸣。"

这句诗不仅直抒胸臆,豪气冲天,更是中国女性意识的崛起。

自古宝剑配英雄,只是这英雄多为男儿身。词人在这里用龙泉剑代指自己想要革命报国的一番决心,哪怕风雨兼程,也义无反顾;纵使身为女子,却也不怕前路艰辛。

常人多觉得女子该宜室宜家,革命是男人的事。但是随着国破山河碎,中国女性的意识开始觉醒。她们开始意识到:家国天下不仅是男人的责任,也是自己的责任。越来越多的女性投身于救国事业,为革命奉献自己的力量。

所以"休言女子非英物",这里的女子不单单是秋瑾,更是千千万万的勇敢女性! 毕竟覆巢之下无完卵,这国也是女子的国。

◎ 诗歌故事

女人似乎天生就有一股韧劲，她们温柔似水，和平时期为小家；危难之际也敢于上前为大家！浩瀚的中国历史中，虽然能如武则天一样，在史书中留下浓墨重彩的女性不多，但这并不意味着她们就是靠别人保护的人。

"休言女子非英物，夜夜龙泉壁上鸣。"

秋瑾远赴日本留学，寻找革命志士时，手里常常握着一把胁差，就是日本武士剖腹自尽用的短刀，以此来表明自己为革命不惜生命的决心。

留日学生的革命活动，让清朝政府十分恐慌。他们向日本政府提出镇压留学生革命活动的请求。

秋瑾知道后，就带领留日学生举行罢课活动进行抗议，同时组织一批敢死队员前去大使馆交涉，表示自己革命到底的决心。

回国之前，秋瑾又发表演说，号召大家罢课回国，以表抗争。但现场有的留学生主张妥协，忍辱负重以继续求学。

秋瑾听闻后，就从靴筒里抽出短刀，插在台上，指着台下人说："投降满虏，卖友求荣；欺压汉人，吃我一刀。"

"鉴湖女侠"秋瑾，用生命为誓，捍卫革命的道路。女性不是谁的附庸，更不是拖累，她们心中也有自己的国和家！

无障碍阅读

知音：在这里指革命同志。
金瓯已缺：指国土被列强瓜分侵占。
关山万里：指赴日留学。
作雄行：指女扮男装。

作家介绍

秋瑾（1875—1907），字璇卿，号旦吾。东渡后字竞雄，自号"鉴湖女侠"。她是中国女权和女学思想的倡导者，也是近代民主革命志士。孙中山称她为"最好的同志秋女侠"。

佳句背囊

"弯弓征战作男儿，梦里曾经与画眉。几度思归还把酒，拂云堆上祝明妃。"
出自唐代诗人杜牧的《题木兰庙》，其中"弯弓征战作男儿，梦里曾经与画眉"这两句诗和"休言女子非英物，夜夜龙泉壁上鸣"有异曲同工之处：虽然是女子，但是也愿意为国出战，如同男子般报效祖国！

本文作者

小豫说：凭兴趣和三观遨游文史长河。

第四辑

家园故国

最温暖的，是家的灯火；最美味的，是家的饭蔬。家园与故国，总是远行人一心牵系的地方……

丛菊两开他日泪，孤舟一系故园心

秋兴八首（其一）

（唐）杜甫

玉露凋伤枫树林，巫山巫峡气萧森。

江间波浪兼天涌，塞上风云接地阴。

丛菊两开他日泪，孤舟一系故园心。

寒衣处处催刀尺，白帝城高急暮砧。

◎ **诗临其境**

这是杜甫的名作《秋兴八首》的第一首。让我们走进诗圣眼中的秋天——

首联开门见山写"秋"。美丽的枫树林饱受寒霜的摧残，巫山巫峡笼罩在浓郁的雾气之中，一派萧索阴沉的深秋景象，压得人透不过气来。

颔联，诗人的目光投向长江水面。江面上波涛翻滚咆哮，天空中乌云密布，连天接地。

"塞上风云"，既是自然界的风雨，也是笼罩在广大百姓头顶上的战争阴影。当时吐蕃入侵，边关吃紧，战乱中百姓们流离失所，苦不堪言。饱经颠沛之苦的杜甫好不容易在夔州暂时安定下来，痛定思痛，更能深刻地体会其中的艰辛。推己及人，怎能不悲伤感怀。

颈联，去年秋天离开了成都，在云安赏菊。今年的菊花又开了，我已经身在夔州。

盛开的菊花依然绚烂无比，对家乡的思念也越发深沉。离开长安、离开洛阳已经七年了，系在江边的那一叶小舟，时时刻刻都在准备着启程返乡。

尾联，不知不觉间日落西山，东边高高的白帝城内传来阵阵急促的捣衣声。

哦！又到了连夜赶制冬衣时候啦，一年马上就要结束了。

落日的余晖里，诗人孤寂的背影写满了惆怅和萧索。

◎ **一句钟情**

"丛菊两开他日泪，孤舟一系故园心。"

此句一出，诗人的情绪压抑到了极点。

路旁独自怒放的菊花闯入视野，与江边一叶孤单的小舟遥遥相对。想着远方的故乡，忧思如潮水般汹涌而来。诗人再也忍不住，泪流满面，仰天自问：

究竟要等到什么时候，战乱才能平息，百姓才能过上安定幸福的生活呢？

只有到那时，我才能回到心爱的故园，同老朋友们重聚，开心地赏菊饮酒啊！

一山一水总含情，一花一草皆是泪，一心一意念故园。一颗无处安放的心，一个永远回不去的家，一副忧国忧民、感人至深的宽广胸襟，一场无法付诸实践的报国梦。

半生颠沛流离，一世报国无门，饱受命运的捉弄。苦难中备受煎熬的灵魂，苦透了伤透了，依然心系故园胸怀天下，这是怎样的情怀？

◎ 诗歌故事

唐肃宗乾元元年（758），杜甫从左拾遗被贬为华州司功参军，一个工作量很大、事务很烦琐的小官。次年七月，杜甫回洛阳探望妻儿，随后举家搬迁到华州。时逢关东大旱，一家人的生活陷入了困境。加上政局动荡，一腔报国热情无法施展，杜甫毅然辞官，携家小一路向西逃往秦州，后又辗转同谷、成都，公元 766 年到达夔州。

到了夔州之后，杜甫在朋友的帮助下置办了一些田产，生活暂时安定下来。此时的杜甫已经是五十多岁的老人，七年颠沛流离的漂泊生涯摧毁了他的身体，却始终改变不了一颗忧国忧民的心。

无休止的战乱带给黎民百姓无尽的苦难，这始终是杜甫无法释怀的心病。

在夔州，杜甫把所有的忧思和情怀融入文字诗篇里，创作了大量的优秀作品。其中就包括令人荡气回肠的组律《秋兴八首》。

苦涩的灵魂，伟大的灵魂，这就是我们的诗圣，杜甫。

无障碍阅读

玉露：秋天的霜露，因其白，被比作玉。
凋伤：使草木凋落衰败。
萧森：萧瑟阴森。
接地阴：风云盖地。
催刀尺：指赶制冬衣。
白帝城：古城名，在今重庆奉节东白帝山上。
急暮砧：黄昏时急促的捣衣声。砧，捣衣石。

作家介绍 杜甫（712—770），字子美，原籍湖北襄阳，生于河南巩县。自号少陵野老，是唐代伟大的现实主义诗人，与诗仙李白合称"李杜"。为了与另两位诗人李商隐与杜牧即"小李杜"区别，杜甫与李白又合称"大李杜"，杜甫也常被称为"老杜"。杜甫在中国古典诗歌中的影响非常深远，被后人称为"诗圣"，他的诗被称为"诗史"。后世称其杜拾遗、杜工部，也称他杜少陵、杜草堂。

"遥怜故园菊，应傍战场开。"

出自唐代边塞诗人岑参的《行军九日思长安故园》："强欲登高去，无人送酒来。遥怜故园菊，应傍战场开。"同样是战乱中思乡抒怀，以菊花寄托情思，"故园菊"与"丛菊两开"有异曲同工之妙，读来感人肺腑、心潮澎湃。

本文作者 ——————————————————

头条号"诗心痴语"，热爱文字的"70后"，爱读书，爱诗词。

柴门鸟雀噪，归客千里至

羌村三首（其一）

（唐）杜甫

峥嵘赤云西，日脚下平地。

柴门鸟雀噪，归客千里至。

妻孥怪我在，惊定还拭泪。

世乱遭飘荡，生还偶然遂。

邻人满墙头，感叹亦歔欷。

夜阑更秉烛，相对如梦寐。

◎ **诗临其境**

　　杜甫是唐代伟大的现实主义诗人，对中国古典诗歌影响深远，其诗"读之可以知其世"，因此诗作有"诗史"的美誉。《羌村三首》就是他用笔墨描绘亲身经历而折射出历史面目的代表诗篇，是他在战乱中饱经忧患的生命与历史相随的深沉歌唱。

　　在这首诗中，杜甫以白描的手法刻画出在乱世中回到阔别已久的家园，与妻儿团聚的感人场面。那一刻感慨万千，涕泪横流，唯有用诗来抒怀：

西天布满重峦叠嶂似的红云，阳光透过云脚斜射在地面上。经过千里跋涉终于到了家门口，目睹萧瑟的柴门和鸟雀的聒噪，竟如此萧条荒芜！妻儿怎料到我还活着，惊定平复后喜极而泣。在这兵荒马乱的时候，能够活着回来，确实有些偶然。邻居闻讯而来，围观的人在矮墙后挤得满满的，无不感慨叹息。夜很深了，夫妻相对而坐，仿佛在梦中一般。

◎ 一句钟情

"柴门鸟雀噪，归客千里至。"

"柴门鸟雀噪"是黄昏时分乡村的独特景致，鸟雀叽叽喳喳欢叫仿佛喜迎故人归来，以动写静的同时也反衬出战乱年代乡村的萧条荒芜，于写景中夹杂着悲凉之感。

"归客千里至"写出诗人既有"近乡情更怯"的忐忑，又有历经艰险长途跋涉，乱世飘零还能平安归家的欣喜。巧景衬情，将诗人归家那一刻的喜悦、心酸及安史之乱给人民带来的灾难都呈现出来。

◎ 诗歌故事

唐玄宗天宝五年，伟大的现实主义诗人杜甫来到长安，潦倒十年，终于在 44 岁时做了一个看管兵甲器仗的小官。可惜公元755年"安史之乱"爆发了，杜甫只能携妻带女辗转到羌村（今陕西富县北）这个偏远乡野避难。后听闻肃宗在灵武即位，于是决定只身一人北上，到灵武投奔肃宗。可惜天不遂人愿，途中不幸被叛军俘获，押至长安，直到郭子仪率兵到长安附近，诗人才得以摆脱叛军的监控，潜出长安投奔肃宗。

公元757年好不容易担任八品小官左拾遗，世称"杜拾遗"的杜甫又因上书援救房琯而触怒唐肃宗，被放还鄜州羌村探家。塞翁失马焉知非福，杜甫离家许久，那个年代"家书抵万金"，更何况又遇战火纷飞，时局动荡，诗人早与家人断了联系，杳无音信，对家人既是愧疚、担心又是牵肠挂肚，巴不得早早回到家乡，与妻儿团聚了。

归家心切，为了早日回家团圆，杜甫曾试图向一个官员借马，可惜没有借到，但这并没有难倒归心似箭的杜甫，于是他跋山涉水，千里迢迢走路回家，所谓"白头拾遗徒步归"，"千里至"三字，道出杜甫行路的艰难，又说明他只有一个信念就是回家，那是他唯一要去的方向。如今自己"千里至"活着回来，又发现家人老小幸存，悲喜交加，个中滋味，可想而知。

纵观全诗，前四句描述杜甫在家门口的情景，后半部分写与妻子久别重逢悲喜交加的场面，中间夹杂着目睹这一切的邻里街坊的唉声叹气。这叹息声也反衬了诗人在兵荒马乱中如愿与家人团聚"生还偶然遂"的心酸与喜悦。

杜甫把乱世普通人的生离死别的环境、情景、心境描绘得细致入微，极具画面感，一字一句中把乱世生聚的悲喜之情写得淋漓尽致。写作上也达到思想内容与艺术的完美统一，也赋予了这首诗史诗般的意义，难怪明代胡震亨曾这样评价杜甫的《羌村三首》："以时事入诗，自杜少陵始。"

此诗让我恍然醒悟，最美的词语叫回家，最向往的路是归家的路。

无障碍阅读

峥嵘：山高峻的样子，这里形容云峰。

日脚：古人不知地球在转，以为太阳在走，故谓日有"脚"。

嘘欷：哽咽，抽泣。

佳句背囊

"露从今夜白，月是故乡明。"

出自杜甫《月夜忆舍弟》，这首诗道尽了杜甫对在战乱中音信全无的弟弟们的担忧和思念。其中"露从今夜白，月是故乡明"既写了实景，又寄托了自己的思乡的情感，在诗人心中，家乡那轮圆月是普天之下最为明亮的。这与"柴门鸟雀噪，归客千里至"在写法及表达情感上相近。这句也成为思乡怀远的千古名句。

本文作者

梁芬霞，笔名书怡，生活中读书最心怡，在阅读中邂逅好文字，细嗅文字清香。

烽火连三月，家书抵万金

春望

（唐）杜甫

国破山河在，城春草木深。

感时花溅泪，恨别鸟惊心。

烽火连三月，家书抵万金。

白头搔更短，浑欲不胜簪。

◎ **诗临其境**

写作这首诗时，杜甫身陷叛军之手，经过了安史之乱，早先繁华的长安已经变得满目疮痍：山河虽在，可是国家却已经支离破碎。春天到来，因为人烟稀少，草木抓住机会放肆生长，美丽的池苑现在变成了一片荒草地。

我们都说杜甫是一名深沉的、充满赤子之心的诗人，这在他的诗中也能够看出来。在他的眼中，哪怕动物、植物都是有着充沛的感情的。面对如此破败的时局和如此萧条的景象，花儿都是痛心的，再也没有了往日的娇艳欲滴，而是像我一样泪流满面；战火纷飞，百姓陷于水深火热之中，鸟儿都变得惊恐不安，而诗人自己看到鸟儿更是感慨万千。

战火连绵不断，已经持续了数月，在这样恶劣的环境下给家人寄一封家书都是极难的，纵有万金，也无法传递对妻儿的挂念。

自己一年多来受了无尽的苦难，本就斑白的头发愈加稀疏，简直连束发的簪子都无法插上。若非自己亲身受了一遭苦，哪能得知战争之残酷！

◎ 一句钟情

"烽火连三月，家书抵万金。"

与现代不同，现代人的离别可能就是短暂的离别，而古代人的离别就是"生离死别"。古代人没有"一小时行千里"的高铁，也没有随时随地可以看到亲人的手机，江湖险恶，离别，就意味着自己的亲人将会像蒲公英离开母体一样四处漂泊、无依无靠。最好的结果是几个月、几年后亲人团聚，最坏的结果可能就是阴阳相隔，永无再见之日。

在太平之日尚且如此，更别说战争之时。战火纷飞，社会更加不安，你便看杜甫的"三吏三别"就能知道，普通的人家尚且会被官差掳走，那些漂泊的流民只会更加危险。在这样的环境中，家书，更是成为连接家乡与亲人的唯一纽带。一封家书，甚至一个口信都包含着浓浓的情感。马上相逢，没有纸笔，只能"凭君传语报平安"，这短短的口信中既有无奈，又有思念。秋风袭来，情难自已，取来纸笔，修家书一封以表思念，但却"行人临发又开封"，对家人的思念，又怎能说得完呢！

此时的杜甫，离家已一年有余，自从被叛军抓获后就没有再与家人通信，家中的妻儿该是多么地想念自己啊，这乱世中唯一的纽带就这样彻底地断绝了。对于思家急切的杜甫来说，此时的一封家书，便比那万两黄金还要珍贵。在他的心中，除了报效朝廷便是思念家乡，他写"何时倚虚幌，双照泪痕干"，便是对家乡无尽的思念。

这句诗之所以能够流传千古，一方面是因为它包含了诗人真挚的思想感情，战争环境下的思家之情，这在任何朝代都是相通的。另一方面，它又表达了对战争的控诉，因为连年烽火，才造成亲人分离，甚至造成"可怜无定河边骨，犹是春闺梦里人"的悲剧。这种控诉同样对任何时代、地区的人们都是一样的，可以让人产生强烈的情感共鸣！

◎ 诗歌故事

一封家书，千年来都是连接亲人、爱人之间情感的纽带；一封家书，千年来同样包含着无数仁人志士的家国情感。对杜甫来说，山河破碎，身陷贼人之手，脱困后虽思家至极，然而他还是选择奔赴朝廷，为国出力，这种家与国之间的选择，更加让人动容。

读这首诗，让我想到了革命烈士林觉民，很多人也是因为一封家书才认识他。作为新民主革命的先行者，林觉民胸怀国家，立志通过革命来改变中国落后的面貌，彻底摆脱被列强欺辱的命运。黄花岗起义前夕，林觉民在一块白布上写下自己的绝笔家书《与妻书》。

文辞中处处有真情，处处有不舍，整篇文字荡气回肠，慷慨激昂。国家混乱，"遍地腥云，满街狼犬"，为了整个国家的未来，他只能选择放弃自己的未来，放弃自己日思夜想的妻子。当时正处于革命准备的关键时期，可谓"烽火连天"；这一封家书，同样也承载了一名烈士无尽的情感，这样的英雄，值得我们永远铭记！

是啊，杜甫和林觉民的选择都是正确的，只有有了安定的大家，才有美满的小家，这些为了国家的未来而选择牺牲自己的人，都是我们这个民族的英雄！

无障碍阅读

国：国都，指长安（今陕西西安）。
浑：简直。
欲：将要，就要。

佳句背囊

"洛阳城里见秋风，欲作家书意万重。"

这句诗出自唐代诗人张籍的《秋思》，与"烽火连三月，家书抵万金"所表达的主题相同，也是在表达自己对家乡的思念。"意万重"表明作者心绪杂乱，这正是一个羁旅之人的正常心态。下一句是"复恐匆匆说不尽，行人临发又开封"，"又开封"这一细节更是传神地描绘出作者对家乡的挂念和他作为远行之人的无奈。

本文作者 —————————————————————

森屿，致力于传播好玩儿的传统文化知识的青年!

坐观垂钓者，徒有羡鱼情

望洞庭湖赠张丞相

（唐）孟浩然

八月湖水平，涵虚混太清。

气蒸云梦泽，波撼岳阳城。

欲济无舟楫，端居耻圣明。

坐观垂钓者，徒有羡鱼情。

◎ 诗临其境

《望洞庭湖赠张丞相》是盛唐时期著名山水田园诗人孟浩然的作品。他为了踏上仕途，实现自己的政治理想，在科举考试前，写了这首投赠诗，希望得到时任丞相的张九龄的引荐和录用。

秋高气爽，八月的洞庭湖水面宽阔而平展。高远的天空倒映在水面，互相包蕴。湖水与天空相连接，混为一体，站在岳阳楼上极目远眺，看不到轮廓和边际。

洞庭湖水面宽阔，朝晖夕阴，气象万千。湖水不但荡涤着每一个登楼览胜的文人骚客，而且还包蕴日月星辰，哺育了世代生存于斯的子民。

太阳升起，照耀在湖面上，波澜壮阔，水汽蒸腾，整个洞庭湖笼罩在一派白茫茫之中。就是古时的云梦二泽，都被这云烟遮盖，分辨不出边界在哪里。

西南风起来时，更是有一番非常的景象。那一阵又一阵的波涛呼啸着，摇晃着扑向岳阳城，整个城池好像漂浮依靠在洞庭湖面，不停地摇动着身姿。

那么宽阔的湖面，也只能站在岸边望望而已，想横渡过去，哪里去得到船只呢？在大唐这个盛世，坐着不做事，不为国家出一份力，作为一名读书人，多么羞愧，也于心不忍啊。

但是怎么办呢，就这么一旁坐着，看着你们垂竿钓鱼，这不是空有一腔热血，空有一副美慕的心情吗？古人说"临渊羡鱼，不如退而结网"，可是要结网，总得给一个机会呀。

◎ 一句钟情

"坐观垂钓者，徒有羡鱼情。"

这句诗是从"临渊羡鱼，不如退而结网"化用而来。

表面看有点消极，实际上是不甘心无所作为，表达了想做一番事业的强烈愿望。

在那个时代知识分子要实现自己的愿望，做一番事业，必须入朝为官。

丞相张九龄就是那些执竿垂钓的人中的一个，他们掌握着权力，治理着国家，一生功成名就，可以说是名垂千古了。可怜孟浩然一事无成，现在还是一介布衣，只能坐在岸边，白白地看着他们垂钓。

孟浩然的这句诗，向张丞相自荐自己，分寸把握得当。既没有过分地夸大对方，显出阿谀之嫌；又没有过分地贬低自己，露出一副乞讨相。

◎ 诗歌故事

说起孟浩然求仕，还有一个有趣的故事。那是他在长安的时候，一天去王维的家里拜访，突然听到外头一声通报，说唐玄宗驾到。过去一般人是不能随便见皇上的，即使在金銮殿上接见都不许抬头正视龙颜。

孟浩然急中生智，就躲到床底下。但是王维害怕得欺君之罪，万一床底下有响声那可是要杀头的。于是只有如实相告。说有孟浩然在此，已经来不及避让。皇上说他的诗我听说过，让他出来。

孟浩然连忙出来拜见皇上。皇上说，听说你的诗写得不错，近来有什么好的新作，念来听听。王维也连忙示意孟浩然读一首，在皇上面前展示一下自己的才干。孟浩然便遵命念了那首《岁暮归南山》：

北阙休上书，南山归敝庐。不才明主弃，多病故人疏。

白发催年老，青阳逼岁除。永怀愁不寐，松月夜窗虚。

　　皇上听到第四句，就来气了。你自己不求上进，还要埋怨什么"明主弃"，我从来都没有埋没人才，把谁弃之不用，你还是回南山去吧。说完皇上气愤地离开了王维的家。

　　孟浩然再也无法待在长安找门路了，他对皇上和权贵很失望，对自己的仕途之路完全失去了信心，他归隐山水田园的心思已决。于是写了一首《留别王维》而去。

无障碍阅读

张丞相：指张九龄，唐玄宗时宰相。

涵虚：包孕天空，指天空倒映在水中。涵：包容。

虚：虚空。

混太清：与天混为一体。太清，指天空。

云梦泽：指云泽和梦泽，即湖北南部、湖南北部一带低洼地区。洞庭湖是它南部的一部分。

孟浩然（689—740），襄州襄阳（今湖北襄阳）人，世称"孟襄阳"，唐代山水田园派诗人；诗作语淡味浓，与王维合称"王孟"。

"临渊羡鱼，不如退而结网。"

出自《淮南子·说林训》："临河而羡鱼，不如归家织网。"《汉书·董仲舒传》有："临渊羡鱼，不如退而结网。"意思是羡慕水里的鱼儿，那是白浪费时间，还不如去织张网捕鱼。泛指空空地羡慕，那是徒有愿望，不如动手去干来得实在。也是告诫人们，再好的想法，也要付诸行动，否则毫无意义。

本文作者 ———————————————————

读书工，笔名西凉，原名黄大本，头条号、微信公众号、百家号等优质创作者，有作品发表于多种文学杂志。

家在梦中何日到，春生江上几人还

长安春望

（唐）卢纶

东风吹雨过青山，却望千门草色闲。

家在梦中何日到，春生江上几人还。

川原缭绕浮云外，宫阙参差落照间。

谁念为儒逢世难，独将衰鬓客秦关。

◎ 诗临其境

拥有"大历十才子"冠冕的卢纶，才情满腹，却屡试不第。不过他交友甚广，是一个活跃的社交家，最终通过朋友圈步入仕途，结交了一些权贵友人。他先是受到宰相元载和王缙的赏识，谋得了一官半职，只可惜不久，元载和王缙获罪入狱，卢纶也因此受到牵连。

身在长安，仕途不顺的卢纶，更是无比思念家乡。他是河中蒲州（今山西永济）人，家乡刚好位于长安的东面。当他心情烦闷地登上高山，感受着从家乡吹来的东风，思乡之情溢满心间，只恨自己不能回去。所以诗人说：

东风吹来阵阵春雨，微微洒过青山，登高远望，望见长安城中层峦叠嶂的房舍，还有大片闲闲的春草。

家乡时常出现在梦中，可是不知何时才能归还，春天的江面上船来船往，可又有几个人能得以还家。

登高极目远望，家乡就在浮云之外，渺不可见，远不可及，只见长安的宫殿，错落有致，笼罩在一片夕阳之中。

又有谁理解我这位读书人，生逢乱世，独自客居长安，已满头白发，神情憔悴，还漂泊流荡在这荒远的秦关。

◎ 一句钟情

"家在梦中何日到，春生江上几人还。"

虽然这两句诗是诗人春望时产生的联想，但从中我们依然可以感受到一种深深的思乡之情。家乡时常在梦中出现，可恨就是回不去，看到他人能乘船返乡，多么令人羡慕啊！

孤身一人远在他乡，深深地思念家乡的亲人，无法实现的愿望只能在梦中寄托一份情感，这份深情读来令人既觉心酸又觉温暖。诗人一生多次应举不第，仕途也不顺利，又感时代动乱，浮生若梦，想在梦中找回一些因战乱丢失的美好事物，带着这种感时伤乱的情绪，写下了这首寓情于景，情景交融，具有"阴柔之美"的千古名诗。

◎ **诗歌故事**

生活在现代的我们，生活相对安稳，不必像卢纶那样经历家国动乱，终身郁郁不得志。但我们思念家乡、思念亲人的心情却是一样的。

我十六岁就离开家乡去往外省求学，一个人在一个完全陌生的城市，和一群来自五湖四海完全陌生的同学居住于一室。

开始那段时间，经常从梦中哭醒，梦里回到那座从小生长的熟悉村庄，享受与亲人一起谈天说地的温馨情形。可梦醒后看到的仍然是陌生的环境和陌生的人群。那种孤独的感觉真不好受。

那时手机还不流行，与家人联系除了座机电话，就是手写书信，写信收信成了一种情感上的寄托。现在翻阅那些保留下来的信件，忆起那份思乡之情，倒成了一份美好的回忆。

后来毕业又去了别的城市工作，离家乡依然遥远，虽然思乡之情不再像学校时那般浓烈了，但午夜梦回，家乡仍时不时在梦中出现，只因家乡有我们思念的亲人。

想有多少人如我这般，为了梦想，为了生活，远离家乡，远离亲人，去往他乡求学、工作，然后结婚生子，定居他乡。家乡就成了梦中那个无法忘记，却又不能常回去的儿时记忆。

千百年来，乡愁早成了很多人一生的主题，不管是那些名垂千古的大诗人，还是我们这些寻常小平民，都有着一样深的乡愁。

无障碍阅读

千门：层层叠嶂的房舍。
宫阙：长安城中的宫殿。
秦关：古代要塞，今洛川县秦关乡。

作家介绍　卢纶（约742—约799），字允言，河中蒲县（今山西永济）人，祖籍范阳涿县（今河北涿州），唐代诗人，"大历十才子"之一。

佳句背囊　"春风又绿江南岸，明月何时照我还。"
出自北宋文学家王安石的《泊船瓜洲》，其中"明月何时照我还"与"家在梦中何日到"有着异曲同工之妙，时时盼望着能回到那远方的家乡。诗人都借想象抒发内心深处绵绵不绝的思乡之情。

本文作者
米俪米：不忘初心，坚持读书写字。

无端更渡桑干水，却望并州是故乡

旅次朔方

（唐）刘皂

客舍并州已十霜，归心日夜忆咸阳。

无端更渡桑干水，却望并州是故乡。

◎ **诗临其境**

从刘皂开始读书时，金榜题名就是他的梦想。为了实现这个梦想，找到出路，改变命运，刘皂在并州旅居了十年。但是令人惋惜的是，他付出了时间和努力，却没有得到什么好结果。

长时间的一事无成，让他不好意思再在并州待下去，所以他决定回到家乡。

刘皂乘坐小船渡过桑干河到了朔方。在船上，刘皂看着波涛，忍不住回头一望，依依不舍，还没等离开并州就已经开始追忆在并州的时光。愁苦之际，刘皂创作了这首诗：

自从离开家乡来到并州已经有十年的时间了。每一天，我都在思念着我的家乡——咸阳。

当年，我是为了考取功名，找到一个新的出路，才不远千里，孤身一人渡桑干河。如今，并州和咸阳一样，都是我心中的故乡。

◎ 一句钟情

"无端更渡桑干水，却望并州是故乡。"

这两句话让我看到了作者的难堪、矛盾和不舍。

每个人的心里都有一段伤痕，一段不愿提起的秘密。在刘皂看来，这段时光不仅是伤痕，是秘密，还是一段不堪回首的往事。他是一个男人，一个要尊严的男人，表面上作者说是没有来由地想要回到故乡咸阳，让人猜测是思念亲人和家乡。事实上，回到故乡是作者别无选择、无可奈何的决定。

十年之前，他为了考取功名，谋求出路，远走他乡，但是十年里他却没有像预想的那样衣锦还乡。在并州，他难堪，回到家乡，也是难堪。刘皂心中的负担是沉重的，心情也是极度悲伤的。从前离开咸阳，依依不舍，如今离开并州，屡屡回头。

虽然矛盾，但是无论选择哪个，内心都会怀念，都会不舍，作者的忧郁显而易见，他对两个家乡都想念，自己却在路上，两边遥望。

◎ 诗歌故事

从"客舍并州已十霜"到"却望并州是故乡"，其中的矛盾没有经历怎么体会?

不离乡,便不知道什么是思乡。没有失去,便不会去怀念。

一次离家,我才知道思乡和怀念是什么。

我第一次离开家是初一军训。因为我的脚小,学校通知的时间紧,我没有买到合脚的鞋子。军训辛苦,才第一天,我的脚就磨破了,没有带创可贴,就带着伤训练。

军训不会因为我的脚受伤而停止,教官也没有同意让我休息,我就一直跟着。

那是我第一次无声流泪,正步不敢停,眼泪停不下来。我当时就想着回家,家里多么温暖,有爸爸的关怀,有妈妈的体贴,在家里从来都没有受过这样的罪。

在军营里的我就像最初来到并州的刘皂,无时无刻不想回去。但是当十天的军训结束,坐在大巴上,我又屡屡回头望。十天的时间,我已经对这军营里的一草一木都熟悉了,想到和同学们一起合唱,一起踢正步,听教官讲他服役、参加任务,多么有趣。

离开军营之前,我从未想过会对军营有不舍。

一方水土养一方人,十天的光景,我对军营也有了感情。

积累了十天的乡愁,刚刚放下又燃起新火。

刘皂坐在船上,我坐在大巴上,都对即将离开的地方和将要到达的地方不舍。

后来,我也明白了,有情、不舍、矛盾,这便是人生。

无障碍阅读

旅次：旅行中临时居住。
朔方：古都的名字，在西汉时建立。桑干河的北方叫作朔方。
并州：地名。
十霜：一年有一次霜，在并州待十年，所以称为十霜。
咸阳：地名，作者的出生地。
无端：没有理由，不知道为什么。
桑干水：指桑干河。

作家介绍

刘皂，生卒年不详，祖籍咸阳，唐代诗人，约德宗贞元年间在世，《全唐诗》中收录刘皂诗歌五首。

佳句背囊

"行人无限秋风思，隔水青山似故乡。"
出自唐代诗人戴叔伦的《题稚川山水》。戴叔伦和刘皂一样，为了前途背井离乡，跋山涉水，行走异地，在路上，走到稚川，在松下茅亭休息，想到了家乡，看到周围的青山绿水和故乡的风景十分相似，仿佛回到了故乡，于是作诗表达对家乡的思念。

本文作者 ────────

赵悦辉，一名来自长春的"95后"作者。

但使情亲千里近，
须信：无情对面是山河

定风波·席上送范廓之游建康

（南宋）辛弃疾

听我尊前醉后歌，人生无奈别离何。

但使情亲千里近，须信：无情对面是山河。

寄语石头城下水：居士，而今浑不怕风波。

借使未如鸥鸟伴，经惯，也应学得老渔蓑。

◎ 诗临其境

这是南宋词人辛弃疾的作品。辛弃疾，何许人也？

公元 1140 年，辛弃疾出生于山东东路济南府历城县（今济南市历城区），当时宋室已经南渡。他的出生地已经被金兵占领，也就是说他生于金国。

受祖父教导，辛弃疾从小立志报国，一心一意要收复中原失地。23 岁时，他率领 50 名勇士生擒害死抗金农民起义军首领的叛徒，一路南下交由朝廷处置。直到那时，辛弃疾才得以归附朝廷。他以为他终于可以沙场点兵了，没想到却被南宋朝廷在弃与用之间反复掂量……

朝廷欲用之时，也曾被给予过希望，调任抗金前线建康（今江苏南京）；

朝廷欲弃之时，便将他不停转官、罢官。

宋光宗绍熙元年（1190），辛弃疾闲居带湖（今江西省上饶市城外），可是一颗滚烫的报国心如何闲得下来？

这不，听说朋友范廓之要游建康，于是便写了一阕《定风波》。词人借着酒意与友人倾吐心声：

浊酒一杯人已醉，举杯与君话别情：如果情深义重，一别千里又何妨？如若无情，即使对面而坐也像隔着千山万水。

请帮我告诉石头城的山和水，不要记挂着我。我现在不沾政事远离是非。即使不能像鸥鸟般自由自在，做个闲情逸趣的老渔翁总还是可以的吧……

◎ 一句钟情

"但使情亲千里近，须信：无情对面是山河。"

这句起于道别，但并没有止步于友情，是在写对建康的挂念，是在表达对中原的念念不忘。诗句不可割裂来读，上片收尾处这句"情亲千里近"必须跟下片开头的"寄语石头城下水"联系起来解读。

词人挂念建康却不直接说，他只寄语石头城的山水，让它们不要挂念自己。这就奇怪了，山水有情吗？它们会挂念词人吗？

这其实是一种很有趣的写法，叫作"对写"。词人把自己的情感赋予到了山水之上：词人挂念着建康的山山水水，但是他不说，他非要说建康挂念着他。

词人有意，山水便有情了，这也算一种心意相通吧？"有缘千里来相会，无缘对面不相逢"，词人身在带湖，却依然是客；词人与建康相隔甚远，但心中有情就不觉得远了。

◎ 诗歌故事

用对写法写感情，总能显得特别真切感人，读着辛弃疾的这首词，我的脑海里就自动浮现出了一个美好的画面……

"今夜鄜州月，闺中只独看。遥怜小儿女，未解忆长安。香雾云鬟湿，清辉玉臂寒。何时倚虚幌，双照泪痕干。"杜甫《月夜》曾经用这种手法写过思念之情。当年，杜甫客居长安，夜晚望着天上明月思念远在家乡的妻子儿女。可是他偏偏要说是妻子站在窗前长久地望着长安，还嗔怪一双小儿女不懂母亲对远在长安的那个人的思念之情……

这不是矫情，这是信任，两个人心意相通自然能够感同身受，这种距离和思念既苦且甜。亲爱的朋友，你们曾体验过吗？

你是否也曾离家数年，每到饭点就尤为想念妈妈做的饭菜？

在那些家常菜前，所有的山珍海味都显得寡淡？

你是否也曾在异乡街头行走，忽然追着一个熟悉的背影走了几条街？那些儿时的玩伴，不论分开多少年，他们的样子依然印在心里。

你是否也曾在一个意想不到的瞬间偶遇老友，两人执手相看总有说不完的话题？

这就是亲人、朋友！纵使相隔千山万水多年不见，再见时依然觉得亲密无间……

无障碍阅读

定风波：词牌名。
居士：古代称有德才而隐居不仕或未仕的人。这里是诗人自称。

佳句
背囊

"有缘千里来相会，无缘对面不相逢。"
最早出自宋代无名氏的《张协状元》，后多被化用。这句话常被用来形容缘分的微妙。意思是说，人与人之间如果有缘就算是远隔千里也有机会相见，如果无缘就是对面相逢也互不相识。

本文作者

倪小七，读书走江湖，修身与谋生两不误。

玉颜自古为身累，肉食何人与国谋

唐崇徽公主手痕和韩内翰

（北宋）欧阳修

故乡飞鸟尚啁呼，何况悲笳出塞愁。

青冢埋魂知不返，翠崖遗迹为谁留。

玉颜自古为身累，肉食何人与国谋。

行路至今空叹息，岩花涧草自春秋。

◎ **诗临其境**

　　欧阳修是北宋著名文学家和政治家，官至翰林学士，也是唐宋八大家之一。

　　欧阳修生活的年代，北宋国运已由盛转衰。内有数量冗余的无能官员；外有东北部的契丹和西北部的西夏不断寻衅滋事。面对内忧外患的局面，身为人臣的欧阳修既想改变内忧，也希望拯救外患。

　　忧国忧民的诗人由国运联想到唐代为了维护国内安定出塞和亲的崇徽公主，公主抛弃家国远嫁，而国内的官员们却没有做出一点牺牲。

想到这里，欧阳修忍不住感慨；

飞鸟还在眷恋故乡鸣叫不止，公主却在悲切的胡笳声中出塞远嫁。

坟茔之下掩埋的孤魂再也无法返乡，苍翠山崖上的字迹又是为谁留下。

美丽的女子自古就被容貌牵累，高官厚禄的人又有几个为国家谋生计。

今时走到公主手迹这里的人只能空叹息，崖涧的花草兀自走过了冬夏春秋。

◎ 一句钟情

"玉颜自古为身累，肉食何人与国谋。"

美丽成为女子悲剧命运的负累，而身居高位拿着厚禄的"肉食者"，明明有能力，却从不为国出力。

在封建社会，女子无法掌控自己的命运，在社会分工中也是弱势的存在，相对弱势的一方需要为了两国和平背井离乡，而有权有势的达官贵人却从不考虑为国运出力。

为国牺牲的弱女子与不"为国谋"的"肉食者"形象形成了鲜明的对比，通过二者的形象对比，也反映出诗人对和亲政策的不满与愤懑。

◎ 诗歌故事

崇徽公主并不是真正意义上的公主，她不是皇室之后。拥有公主的头衔，只是为了成为政治的牺牲品。

崇徽公主本是著名将领仆固怀恩的女儿。早在崇徽之前，她的两位姑姑就先后远嫁回纥，其中一位嫁给了牟羽可汗移地建，被封为光钦可敦。光钦可敦去世后，牟羽可汗又指定要仆固家的女儿来续弦。于是，仆固家的幼女被皇帝封为崇徽公主，嫁与牟羽可汗。

姑侄俩先后和亲，并没有换来长久的和平。崇徽嫁给牟羽可汗的 21 年后，牟羽可汗打算进犯唐朝，却被自己的宰相阻止并杀死。老可汗下台，新可汗上任又请求唐朝送去新的公主和亲。回纥素来有继承前任可汗妻子的传统，新可汗请求新人和亲，这就说明，早年嫁去的崇徽已经不在了。

在历史上，崇徽公主出生年月与名字都没有留下来，可也正是这个只留下仆固氏这一姓氏的弱女子，换来了唐朝 20 年的和平。

为了短暂的和平，送豆蔻年华的女子远嫁塞外是合理的吗？女子远嫁换取家国安定，朝堂之上的男子又做了什么呢？

"玉颜自古为身累，肉食何人与国谋"，女子因为美丽成为客死异乡的孤魂，位高权重的"肉食者"又有几人真心为国家出谋划策呢？这是欧阳修替历史上诸多和亲公主发出的反问，也是对和亲政策的提出者们最有力的质问。

身为有话语权的政策制定者，就只能靠牺牲年轻的女子换取国家安定吗？这些"肉食者"做出了哪怕一点点的牺牲吗？诗人想到自己所处的朝堂之上，众多平庸的朝廷命官，是不是又如同崇徽公主所处时代的"肉食者"们一般无用呢？

无人应答。

欧阳修忍不住一声叹息，任由花草见证历史更替。

无障碍阅读

啁啾：鸟鸣声。

手痕：指崇徽公主手痕碑，在今山西灵石县。相传公主嫁回纥时，道经灵石，以手掌托石壁，遂留下手迹，后世称为手痕碑，碑上有唐人李山甫《阴地关崇徽公主手迹》诗刻石。

肉食：身居官位拿俸禄的人，指代官员。

作家介绍 欧阳修（1007—1072），字永叔，号醉翁，晚号六一居士，江西庐陵（今江西吉安）人，北宋政治家、文学家，谥号"文忠"，世称欧阳文忠公。他领导了北宋诗文革新运动，继承并发展了韩愈的古文理论，开创了一代文风，与韩愈、柳宗元、苏轼、苏洵、苏辙、王安石、曾巩合称"唐宋八大家"，并与韩愈、柳宗元、苏轼合称"千古文章四大家"；主修《新唐书》，独撰《新五代史》。有《欧阳文忠集》传世。

"遣妾一身安社稷，不知何处用将军。"

出自唐代诗人李山甫《代崇徽公主意》，"遣妾安社稷"与"何处用将军"形成对比，与"玉颜自古为身累，肉食何人与国谋"同样是借崇徽公主出塞和亲的故事讽刺和亲政策：女子远嫁安邦定国，将军和官员却不需要有用武之地。

本文作者

不香：码字为生的资深少女，八级闲书爱好者。

惨惨柴门风雪夜，此时有子不如无

别老母

（清）黄景仁

搴帷拜母河梁去，白发愁看泪眼枯。

惨惨柴门风雪夜，此时有子不如无。

◎ **诗临其境**

黄景仁家境贫寒，迫于生计，不得不常年在外漂泊，足迹遍至苏、浙、皖、直、鲁、湘等地，他虽然极有才气，却一直没有合适的机会，所以久而久之，难免会形成一种多愁善感的气质。

这首《别老母》写于乾隆三十六年（1771），当时黄景仁为生活所迫，要外出办事，在一个风雪交加的晚上，他辞别妻子、拜别老母，踏上了去往远方的道路，在这种背景下，他写下了这首令人无限伤感的诗。

诗人说：

我即将前往外地办事，掀起门帘，与老母亲告别。

母亲依依不舍，悲凉凄切，欲哭无泪，我看到她的头发，早已经愁白了。

在这个风雪交加的夜晚，不能在母亲身边尽孝，却要狠心掩闭柴门远去。

这个时候，我不禁发出感叹：养子又有何用呢？倒不如没有啊！

◎ 一句钟情

"惨惨柴门风雪夜，此时有子不如无。"

"惨惨柴门风雪夜"描绘了一幅离别时的画面，情景交融，充满着强烈的悲情气氛。一个"柴门"足见家庭的穷苦，而在风雪夜离开，更表现了生活的无情和人生的身不由己。

诗人从心底里发出了"此时有子不如无"哀叹，这是诗人集愧疚、自责、痛苦于一身的悲鸣，是诗人感情步步加深、层层蓄积，凝聚到饱和状态时迸发出来的呐喊，因此非常具有感染力。

这两句诗，表现了对天下所有无依、无靠、无助母亲的深切同情，同时也是对天下不孝子女的严厉谴责，养子不能尽孝，不如不养，何其让人心痛！

◎ 诗歌故事

黄景仁 4 岁丧父，不久，祖父、祖母、哥哥也相继去世，只有黄景仁和老母亲孤单地生活着。家庭的不幸，给这位少年增添了无限忧伤，但是，黄景仁的诗才，却犹如夜空中的明星，丝毫掩盖不住。

他少年时，在私塾读的多是八股文，一次偶然，他翻阅了一卷古诗集，如获至宝，大呼："这才是好东西呢！"从此便开始学习写诗。

黄景仁 9 岁到江阴应学使考试，寓居在江阴小楼中。临考这天，黄景仁却仍然蒙着头窝在被子里，同试者催他起来，他却说："我刚才觅得'江头一夜雨，楼上五更寒'的诗句，正想凑成全诗，却被你给打扰了思路！"一个 9 岁的儿童，居然能写出这样的好句，着实令人赞叹！

乾隆三十六年春，在"太白楼诗会"上，黄景仁也为我们留下了一段诗坛佳话。

这天，风和日暖，许多诗人都聚集在采石矶的太白楼上，喝酒聊天，十分热闹！大家轮流赋诗助兴，等到年纪最小的黄景仁时，只见他身穿白色的大衣，站在日影之下，朗诵了自己刚才所写的一首《笥河先生偕宴太白歌醉中作歌》。顿时，拍案叫绝之声不绝于耳，大家纷纷搁笔赞叹，这首诗也被竞相传抄，据说一夜之间，连纸价都翻了好几倍！

无障碍阅读

搴（qiān）帷：指掀起门帘，出门、离开。

河梁：桥，此处代指送别之地。

柴门：树枝编成的门，此处代指贫苦的人家。

作家介绍

黄景仁（1749—1783），清代著名诗人，字汉镛（yōng），一字仲则，号鹿菲子，是北宋大家黄庭坚的后裔。少年时便极有诗名，后来为谋生计，不得不四处奔波。黄景仁一生怀才不遇，到 35 岁时才得以授县丞之职，但未及补官，便在贫病交加中客死他乡。黄景仁诗学李白，内容多抒发穷愁不遇、寂寞凄怆之情，也有愤世嫉俗的篇章，是"毗陵七子"之一，他的七言诗极具特色，有《两当轩集》传世。

佳句背囊

"暗中时滴思亲泪，只恐思儿泪更多。"

出自清代倪瑞璿的《忆母》，意思是说，我常常暗地里因为思念母亲而流泪，但是恐怕母亲会因为思念我而流泪更多啊！儿子思念母亲，但母亲更加思念儿子，母爱的伟大，令人感动，这两句诗，同样表现了母子间感人至深的美好亲情。

本文作者

一位喜欢古典文学却阴错阳差拿了管理学硕士的理工男，大名宋士浩，头条号"诗词曲精品库"，欢迎关注！